하케 씨의
맛있는
가족일기

하케 씨의 맛있는 가족 일기

2007년 6월 20일 초판 1쇄 발행

지은이 악셀 하케
옮긴이 김완균
펴낸이 남상진
펴낸곳 서강출판사

책임편집 최양순
편집 서명현
디자인 나무디자인 정계수
인쇄 서강총업(주)

등록 1987년 11월 11일 제11-20호
주소 (413-756) 경기도 파주시 교하읍 문발리 파주출판도시 500-11(본사)
      (121-841) 서울시 마포구 서교동 464-59 서강빌딩 602호(편집부)
전화 (02) 336-3782~3
팩스 (02) 333-8775
전자우편 seogang04@seogang.net

ISBN 978-89-7219-264-0 03850

일원화 공급처 (주)북새통 서울시 마포구 서교동 464-59 서강빌딩 6층
전화 (02) 338-0117 팩스 (02) 338-7160~1 전자우편 bookmania@booksetong.com

●책값은 뒤표지에 있습니다.

악셀 하케는 이 책 『하케 씨의 맛있는 가족 일기 Der kleine Erziehungsberater』로 짧은 기간에 베스트셀러 작가가 되었다. 하케는 아이들을 키우면서 겪는 많은 어려움을 심각하게 이야기하기보다는, 착 달라붙는 쫀득한 문장과 재치 있는 유머로 풀어낸다. 그 유머는 한참 웃고 나면 그뿐인 허무한 개그가 아니라, 웃음으로 일상의 고단함을 다독여 주고 새 힘을 불어넣는 영양 만점의 활력소다.

하케는 이런 따뜻한 유머에다 적절한 판타지를 곁들인다. 가족 여행을 가면서 어수선한 아이들 때문에 힘들어하다 마침내 목적지에 도착하자 자동차가 바다 위에서 하늘을 날기도 하고, 아이들이 방 한가득 어질러 놓은 장난감과 과자 부스러기가 집 안에서 넘치다 못해 온 세상을 뒤덮기도 한다. 이처럼 모자라지도 지나치지도 않은 하케의 상상력은 우리의 현실과 절묘한 조화를 이룬다.

생활 속의 사소한 일들도 예사롭지 않은 시선으로 파악해서 남다르게 묘사하는 하케는 누구나 겪는 문제를 통해 평범하면서도 특별한 메시지를 전달한다. 아이를 키우는 일에 대해서도 마찬가지다. 당신의 아이는 구제 불능도 아니고, 당신의 집만 그렇게 혼란스러운 게 아니라고. 우리는 누구나 아이를 키우면서 힘든 일을 겪고, 그러면서 부모도 아이와 함께 성장하는 것이라고……,

하케 씨의 맛있는 가족일기

악셀 하케 지음 · **미하엘 조바** 그림 · **김완균** 옮김

서가 BOOKS

차례

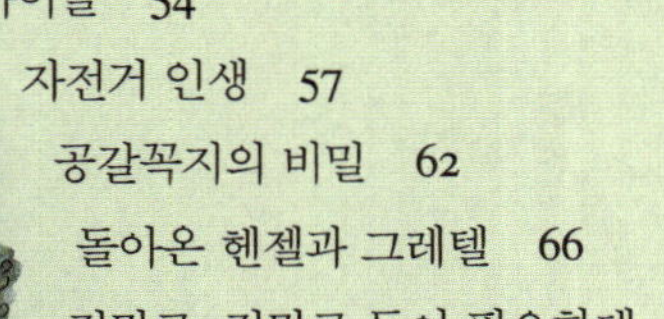

이야기 하나

내가 어쩌다 교육 상담가가 되었는지, 한번 들어 보시렵니까? 자, 정신 바짝 차리세요. 이제 제 이야기를 시작합니다.

어느 날 아침, 잠에서 깨어난 나는 빨강 하양 체크무늬 침대보를 멍하니 바라보면서 생각했습니다.

'내가 만일 작가가 되었다면……. 아마도 정가가 19유로 90센트쯤 되는 536쪽짜리 소설 한 편은 썼을 테지. 가만있자, 10퍼센트에 인세 계약을 했을 테니, 한 권당 1유로 99센트를 받을 수 있겠군. 1유로 90센트면 맛있는 식사 한 끼는 해결할 수 있으니……, 그렇군! 내 책이 1000부 팔리면 맛있는 식사를 천 번 하고도 돈이 남네!'

나는 한쪽으로 돌아앉아서는 지그시 눈을 감고 상상의 바다를 헤엄쳤습니다.

그때 문득, 나지막하면서도 부드러운 목소리가 귓가를 맴돌았습니다. 내가 속삭이듯 물었죠.

"누구신가? 혹시 상상의 날개?"

"나야, 막. 스."

조금 전의 그 부드럽던 목소리가 어느새 볼멘소리로 바뀌며 대꾸했습니다. 나는 짐짓 놀라는 척하며 말했습니다.

"아, 그렇구나! 자, 이리 들어와."

목소리의 주인공은 그렇게 내 침대로 기어 들어왔습니다.

응?! 갑자기 정체를 알 수 없는 손가락 하나가 꼼지락거리며 이불 밑에 깔린 내 왼팔을 간질였습니다. 나는 한숨을 쉬며 또 물었습니다.

"아하, 당신이야말로 틀림없는 상상의 날개군."

"응? 난, 안넨데……."

손가락이 대답하며 이불 밑에서 기어 나왔습니다.

쿵……, 쿵. 이번에는 누군가의 발이 방바닥을 차는 소리가

들렸습니다.

"잘 잤니, 마리?"

발소리의 주인공을 알아차리고 인사를 건네는 순간, 두 발은 어느 틈에 내 배 위를 힘차게 구르고 있었습니다.

"윽!"

내 목구멍에서는 신음소리가 절로 새어나왔습니다.

이렇게 해서 나와 세 아이 모두가 함께 한 침대에 누웠습니다. 이런 와중에 어느새 찾아와 침대 한 귀퉁이에 걸터앉았던 멋진 상상의 날개가 날아오를 채비를 하며 내게 물었습니다.

"나도 잠시 들어가도 될까요?"

"지금 상황이 어떤지 뻔히 보면서도 그런 말이 나와요? 어디
로 가려고 그렇게 서두르세요?"

내가 되묻자, 상상의 날개가 힘주어 말했습니다.

"그래도 난 멋진 상상의 날개잖아요. 두꺼운 소설을 쓰려면
아무래도 내가 필요할 텐데."

"뭐, 그렇게 멋져 보이지도 않는데……. 어쨌거나 내일 다시
와 주시면 안 될까요?"

내 대답에 상상의 날개가 발끈했습니다.

"쳇! 싫어요! 그나저나 무슨 애들이 이렇게 많아요? 차라리
저 애들 얘기를 한번 써보지 그래요?"

상상의 날개는 왠지 비꼬듯이 한마디 툭 던지고는 자리에서
일어섰습니다. 그러고는 이내 방문 앞까지 다가가더니, 돌아서서
한 번 더 말했습니다.

"날 기다리는 사람은 당신 말고도 아주 많다구요."

나는 들릴 듯 말 듯하게 대꾸했습니다.

"나도 당신이 꼭 필요한데……."

이후 아이들과 나, 우리 넷은 침대를 빠져나와 양치하러 갔습
니다. 그리고 나는 이 이야기를 썼습니다. 그런 후에 우리 넷은 아
침 빵을 가지러 갔고, 이번에도 이 이야기를 썼습니다. 우리 넷은
또 아이들 방을 함께 치웠고, 나는 이 이야기도 빼놓지 않고 썼습

니다.

　이렇게 해서 나는 유명 작가가 아닌, 교육 상담가가 되었습니다. 그리고 내가 쓴 책은 536쪽짜리 두꺼운 책이 아닙니다. 출판사 사람이 그러는데, 그래서 19유로 90센트를 받을 수가 없답니다. 책 두 권을 팔아야 밥 한 끼를 해결할 수 있는 형편이랍니다.

　'하지만 어쩔 수 없지! 아이들도 돌봐야 하니까……'

이야기 둘

　일간지인 『쥐트도이체 차이퉁』에서 발간하는 잡지에 싣기 위해 쓴 이 글들을 마무리했을 때, 나와 내 아내 안체, 그리고 안네, 막스, 마리, 이렇게 우리 다섯은 뮌헨 외곽의 어느 아담한 집에 살고 있었습니다. 안네는 여섯 살이었고, 막스는 다섯 살, 마리는 두 살이었죠. 이 책을 읽을 독자 여러분도 왠지 이런 사실을 꼭 알고 있어야만 할 것 같아, 미리 밝혀 둡니다.

우리 아기는 왜 잠을 안 잘까?

'몇 달 전부터, 아침마다 한 아기가 식탁에 앉아 있다. 이 아기는 아직 어려서 혼자 밥을 먹지 못한다. 가끔씩, 특히 가족 중 누군가가 이 하나 없는 아기의 큰 입에다 딸기잼과 사과 소스를 몇 숟가락 떠 넣어 주고 나면, 식탁 위로 아주 묵직한 트림을 쏟아 놓곤 한다. 또 팔을 마구 휘젓다 식탁 위에 있는 커피잔들을 엎어 버리거나, 남들이 한창 맛있게 식사하는 중에 얼굴이 새빨개지도록 잔뜩 힘을 쓰다가는 기저귀 하나 가득 실례를 하…….'

내 원고를 기웃거리던 아내 안체가 투덜거린다.

"당신 정말 못됐어요. 남들 다 보는 글에다, 어쩜 우리 아기

흉을 그렇게 볼 수가 있어요?"

"물론, 나도 우리 아기를 사랑해요. 하지만 난 잠도 좋아한단 말이오."

"잠이라고요?"

안체가 되물으며, 빨갛게 충혈된 두 눈을 의아하다는 듯이 깜빡거린다.

"그런데…… 참, 잠이 뭐였지?"

나는 얼른 책꽂이로 가서 백과사전을 꺼내 큰 소리로 읽는다.

잠, 요하네스 슐라프 독일 작가. 1882년 크베어푸르트에서 태어나 1941년 같은 곳에서 죽음. 브야르네 페터 홀름젠 숙면이라는 필명으로 활동하며, 아르노 홀츠와 함께 후기 자연주의의 토대를 확립함. 신경 질환 때문에 여러 곳의 정신병원을 전전함.

※ 슐라프는 독일어로 '잠'을 뜻하고, 홀름젠은 '숙면'을 의미합니다.

나는 마지막 남은 힘을 다해 사전을 책꽂이에 도로 꽂는다.

그러자 안체가 혼잣말하듯 중얼거린다.

"신경 질환, 정신병원……, 잠을 자다, 숙면하다, 밤새도록 깨지 않고 숙면하다……, 24시간 동안 아무 소리도 못 듣고 깨지 않고 숙면에 빠지다."

'왜 우리 아기는 깊이 잠들지 못하는 걸까? 왜 그럴까?'

공갈꼭지가 빠져서? 목이 말라서? 이도 저도 아니면, 머리가 너무 좋아서?

지능이 뛰어난 아이들은 유달리 잠이 없으며, 하루에 서너 시간만 자면 충분하다는 기사를 언젠가 읽은 기억이 난다. 그래, 그런 아이들은 자기 부모를 완전히 녹초로 만들겠지? 하지만 나는 머리가 나쁘니까……, 그래서 잠을 푹 자야 한다. 안체 또한 머리가 좋지 않으니, 역시 충분히 잠을 자야 한다. 맞아! 우리 아가도 벌써 오래전에 자기 엄마 아빠가 끔찍할 만큼 머리가 나쁘다는 사실을 눈치 챘겠지. 그 사실이 혹 우리 아가를 화나게 했나? 그래서 우리가 달콤하니 잠이라도 들라치면 부지런히 깨우는 걸까? 어쨌거나 이런 상황이 계속되다 보면, 언제고 우리가 잠이란 걸 아예 잊어버리는 날이 올지도 몰라. 아니면, 끝없이 계속되는 불면증에 시달리는 악몽을 밤마다 꾸게 되거나…….

아침마다 식탁에 앉아, 나와 안체는 누가 더 피곤한지 말싸움을 벌인다.

"난 열한 시에 일어나고, 열두 시에 일어나고, 새벽 두 시에 일어나고, 또 세 시에도 일어났다고……."

내가 이렇게 투덜거리면, 안체가 말한다.

"그래요, 나도 알아요. 그래도 당신은 열한 시 반하고 열두 시 반, 그리고 새벽 한 시 반하고 세 시 반에는 안 일어났잖아요.

난 더 힘들다고요."

상황이 이쯤 되면, 나는 지지 않으려고 종종 한숨도 못 잤다고 과장하며 허풍을 늘어놓는다.

"게다가 난 어제 하루 종일 일 때문에 너무너무 바빴고, 그래서 잠자리에 들기 전부터 이미 초죽음 상태였단 말이오."

안체도 좀처럼 밀리지 않는다.

"그래도 당신은 낮 동안엔 당신 일이라도 하며 보내죠. 난 하루 종일 아이들 뒤치다꺼리하느라 아무것도 못한단 말예요. 그게 얼마나 힘든지 알기나 해요?"

나도 더는 양보할 수 없지 싶어 한마디 덧붙인다.

"당신, 내가 하는 일을 아주 우습게 보는데, 내 일도 정말 힘들다고!"

이렇게 되면 안체가 입을 삐죽 내밀고는 결정타를 날려 온다.

"그럼, 우리 하는 일을 한번 바꿔 볼래요?"

그렇게 하루가 시작된다. 나의 수면 부족은 현재 421시간에 달한다. 3퍼센트 이자를 덧붙이면, 내 피로도는 총 433.63시간에 이른다. 나는 이 숫자를 정확하게 기록해 놓는다. 지금 내 앞에 앉아 있는 우리 아가가 큰 다음에, 언제고 이 밀린 잠을 꼭 벌충하고 싶기 때문이다.

잠들기 전 이야기

언제부턴가, 모름지기 좋은 아빠라면, 낮 동안에 무사태평한 사무실로 도망가느라 멀리했던 아이들에게 밤마다 '잠들기 전 이야기'를 읽어 주는 게 당연한 일이라고 굳게 믿고 있다. 하지만 현실은 그렇게 간단치가 않다. 아이들 방에 들어서서 딸아이의 침대에 편안히 몸을 눕히는 순간, 갑자기 우리 아이 모두를 합친 것보다도 더 큰 피로가 몰려온다. 그 아름다운 '잠들기 전 이야기'들이 내 눈앞에 어른거리기 시작하고, 나는 이내 단잠에 빠져 들고 만다.

사정이 이렇다 보니, 급기야 며칠 전부터는 아이들이 거꾸로 내게 무엇인가를 이야기해 주기 시작했다. 제일 먼저 막스가 낮

동안에 놀이터에서 주워들었던 말들을 흥얼댔다.

"♬ 우리 집 강아지는 미친 강아지. 학교 갔다 돌아오면 야옹~야옹~야옹. 고양이도 아닌 것이 야옹~야옹~야옹~. ♪"

"♬ 소나무여, 소나무여, 담장에 걸린 할머니- ♬"

어디 그뿐인가?!

"♪ 학교 종이 깨졌다, 엿 바꿔 먹자. 선생님이 아시면, 우린 죽었다. ♬"

이 같은 헛소리들을 늘어놓을 때마다 막스는 번번이 입가에 의미심장한 미소를 떠올린다. 그럴 때면 나는 베개에 머리를 파묻고는, 누구든 한번 들으면 이내 얼굴을 붉히고 말 저 황당한 노래들 좀 그만두게 해 달라고 기도하곤 한다. (오늘날 거의 모든 유치원에서 인기 차트 꼭대기에 올라 있는 더 자세한 노랫말들은 이 책을 읽으실 점잖은 분들을 위해 생략하기로 합니다.)

이제 좀 제대로 된 이야기를 해주면 어떻겠냐고 내가 부탁하자, 막스가 수다를 떨기 시작한다.

"그럼, 지난번 방학 때 캠프에서 있었던 얘기를 할까요?"

그런데 막스는 이야기를 꺼내자마자 곧바로 기가 팍 죽어서는 투덜거린다.

"하지만, 아빠도 이 얘긴 이미 들어서 다 알고 있잖아요!"

그때쯤이면, 이제 자기 차례라며 안네가 슬그머니 무대 앞으로 나선다. 그러고는 티롤이나 스코틀랜드를 배경으로 사자와 도둑 떼와 공주님이 등장하는 아주아주 길고도 재미있는 이야기들이 한동안 이어진다. 그 중에는 마르타라는 이름을 가진 하녀가 등장하는 이야기도 있다. 그럴 때면, 안네는 아주 멋지게 이야기를 마무리하기도 한다.

"그런데 지금도 집집마다에 그런 마르타가 살고 있대요."

나는 가만히 생각한다.

'정말 대단해! 내가 우리 아이들을 이렇게 독창적이고도 자의식 강한 아이들로 키워 내고 있다니 말야!'

이 세상 모든 부모는 아이들이 일상에서 부닥치는 자신들만의 세계를 상상 속에서 마음껏 펼쳐 가도록, 그리고 이야기를 통해 자신들의 기쁨과 슬픔을 자기 것으로 소화하고는, 이내 마음 편하게 잠자리에 들어 쉴 수 있도록 도와주어야만 한다. 그렇게 나는 온 세상의 축복 속에 잠이 들고, 아이들은 인형의 방에서 놀이를 좀 더 계속한다.

아빠의 무덤

아이들을 키운다는 건 더할 수 없는 정신력이 필요한 일이다. 그러니 여러분도 모쪼록 정신적으로 좀 더 강해지도록 노력해야 한다. 어찌해야 하냐고? 이를테면, 유치원 슬라이드 쇼에 참석해 봐야 한다. 그러고는 마땅히 그래야 하듯, 모든 일에 대단한 관심이 있는 것처럼 보여야만 한다. 웬 아이가 모래 장난을 하다 말고 갑자기 당신 코밑에 질척한 진흙덩이를 들이밀며, "봐봐요! 이거 내가 만든 거예요!" 하고 소리치더라도 말이다.

또 교통이 몹시 혼잡한 시간을 골라 지하철이나 버스도 타 봐야 한다. 그리고 또 바이에른 뮌헨 구단의 팬클럽 행사에 동참하거나, 관중석에서 보루시아 도르트문트 구단의 검정-노랑 깃발을 미친 듯이 흔들어 보기도 해야 한다. 그럴 용기가 없다면, 아마도 하루하루의 삶은 점점 더 고달파질 게 분명하다.

　어느 날 새벽녘, 아직도 꿈나라를 헤매던 나와 안체는 비몽사몽 중에 막스의 방에서 터져 나오는 처절한 비명 소리를 들었다. 차마 사람이 내는 소리라고는 믿을 수 없을 만큼 끔찍한 절규였다. 나와 안체는 누가 먼저랄 것도 없이 바람처럼 계단을 뛰어 올라갔다. 그 와중에도 내 머릿속에는 피를 철철 흘리거나 팔다리가 부러진 채 나뒹굴고 있을 막스의 모습이 번개처럼 스쳐 갔다.
　'이 이른 시간에 대체 무슨 일이란 말인가?'
　우리는 방문을 활짝 열어젖혔고, 방 한가운데 앉아 미친놈처럼 고래고래 소리를 질러대는 막스가 눈에 들어왔다.
　"내 비행기 어디 있어?!" (그 장난감 비행기는 어저께 청소하는 아주머니가 빨간 장난감 상자에 담아 장롱에다 치워 놓았다.)

　별건 아니지만, 한번은 아침을 먹다 말고 안네가 내게 말했다.
　"있잖아요, 아빠를 위해서 우리가 어제 정원에다 아주 멋진 걸 만들어 놨어요."
　내가 말한다.
　"그랬구나! 아이고 예쁘기도 해라! 어디 한번 가서 볼까?"

정원 한쪽 잔디밭 위로 직사각형 모양을 이룬 나뭇가지들이 꽂혀 있었다. 그리고 직사각형 한가운데에는 시든 꽃들이 담긴 장난감 욕조가 놓여 있었다. 욕조 앞에는 또 다른 나뭇가지들이 이리저리 예쁘게 장식되어 있었다.

내가 묻는다.

"정말 예쁘구나, 아주 멋져 보여. 그런데 이게 뭘 만든 건데?"

안네가 어깨를 으쓱거리며 아주 자신만만한 목소리로 대답한다.

"이건, 아빠 무덤이에요."

트림쟁이 막스

막스가 트림을 한다. 다섯 살 난 아이가 시도 때도 없이 트림을 해댄다. 물론 아직 제대로 된 트림이라고는 할 수 없을 것이다. 막스가 내는 트림 소리에는 깊이가 없고, 어딘가 2프로쯤 부족하다. 아마도 어린아이인지라 공명판이 부족해서가 아닐까. 어쨌거나 막스는 쉬지 않고 트림을 한다. 밥을 먹으면서도 하고, 할아버지 할머니 집에 가서도 하고, 또 손님이라도 오면 더더욱 신이 나서 트림을 한다.

나와 안체가 말한다.

"막스, 트림 좀 그만 할 수 없겠니? 다른 사람이 있을 땐 조심하는 거야. 방해가 되거든."

막스는 여전히 트림을 하고, 그러면 나와 안체는 더욱 소리를 높인다.

"막스! 정말이지 신경 쓰인다고! 이제 그만 좀 해라, 제발!"

그래도 막스는 태연히 트림을 한다.

이번에는 나와 안체가 이른바 '역설적 개입'이라는 고난이도 3중-공중돌기의 아동 교육 테크닉을 선보인다.

"막스, 네 트림 소리가 오늘따라 왠지 듣기 좋구나. 마음에 들어. 조금만 더 해 볼래?"

잠시 멈칫거리는 듯싶더니, 막스가 여전히 트림을 한다.

나와 안체는 곰곰이 생각에 잠긴다.

'그래, 차라리 무시하는 거야. 우리 관심을 끌려고 저러는 거거든. 막스가 둘째 아이라는 사실을 절대 잊으면 안 되지.'

우리는 그래서 한동안 막스의 트림에 무관심한 척한다.

하지만 막스는 꿋꿋하게 트림을 한다.

나와 안체는 급기야 막스를 병원에 데려가 볼까 고민하기 시작한다. 어쩌면 소화불량 때문에 저럴 수도 있으니 말이다. 하지만 나와 안체는 이내 그런 생각을 떨쳐 버린다. 막스는 오늘도 화장실 가는 데 아무 문제가 없었으니까.

막스가 트림을 한다.

나와 안체는 다시금 깊은 고민에 빠진다.

"트림하는 게 정말 나쁜 건가? 다섯 살짜리 애가 트림하는 걸 갖고 우리가 너무 유난을 떠는 건 아닐까?"

하지만 내 입에서는 곧바로 절규가 터져 나온다.

"하지만 정말이지 신경 쓰인다구~!"

막스가 보란 듯이 트림을 한다.

나와 안체는 이제 막스를 협박하기에 이른다.

"막스, 이제 제발 좀 그만 해라. 안 그러면, 차라리 네 방에 가 있든지. 다른 식구들 식사하는 데 방해가 된단 말야."

막스가 트림을 한다.

나와 안체는 막스를 방으로 데리고 간다. 막스는 소리를 지르고, 애원하고, 눈물을 흘린다. 방문을 열었다가는 꽝 소리가 나게 닫기도 하고, 자신의 신세를 하소연하기도 하고, 화가 치밀어 고래고래 소리를 지르다가는 방바닥에 엎어져 엉엉 울어대기도 한다.

나와 안체는 금세 그런 막스가 가여워져, 다시 2층으로 올라간다.

"더 이상 트림 안 할 거면, 이제 내려와도 돼."

식탁 앞으로 다가온 막스가 잔뜩 굳은 얼굴로 자기 자리에 앉는다. 나와 안체는 생각한다.

'우리가 좀 심했나? 어쨌든 이제 더는 트림을 하지 않으니,

잘됐지 뭐!'

　온 가족이 쥐 죽은 듯 말없이 식사를 계속한다. 마침내 집안에 평화가 찾아온 것이다. 식탁에 고요함이 깃들고, 나와 안체의 가슴에 사랑이 소복소복 내려앉는다. 모두가 순간의 행복을 만끽한다.

　바로 그때, 막스가 트림을 한다.

아빠 날 몰라요!

어느 날 나는, 아이들이 다 커서 집을 나가 독립하고, 그래서 더는 아이들 걱정을 하지 않게 된 어느 날을 꿈꾸고 있었다.

"아, 그때가 되면 모든 근심 걱정에서 해방도고, 아침마다 해가 중천에 뜨도록 늦잠을 즐기며, 느지막이 아침 식사를 하고, 원한다면 한가로이 책을 읽을 수도 있겠지. 또 저녁이면 하릴없이 길거리를 거닐고, 가끔은 주점에도 들러 시원한 맥주도 한 잔 즐길 수 있을 테고. 아! 그날이 기다려진다."

하지만 그날 저녁, 난 어린 막스를 재워야만 했다. 막스는 그날 하루 되는 일이 없었고, 그래서 온 동네를 휘젓고 다니며 고래고래 소리를 질러댔다. 그러고는 이제 진이 다 빠진 채 침대에 앉아 울고 있었다. 어떻게든 달래 보려고 무진 애를 쓰던 나는 결국 뻔한 이야기로 마무리할 수밖에 없었다.

> 나: 막스, 이제 그만 누워서 잠을 좀 자려무나. 무척 피곤해
> 보인다.
> 막스: 나 안 피곤해요.
> 나: 아니야, 넌 피곤해. 아빠가 알아.
> 막스: 아빠가 그걸 어떻게 알아요?!
> 나: 아빠는 널 잘 아니까.
> 막스: 아빤 날 몰라요!!
> 나: 그렇지 않아. 아빤 널 잘 알아. 아주 오래전부터 말야.
> 막스: (잔뜩 화가 나 버럭 소리를 지르며) 아니에요!!! 아빤 날
> 몰라요. 나는 아빠가 아는 막스가 아니란 말예요.
> 나: 그럼 누군데?
> 막스: (반항하듯 소리치며) 그건 말 안 할래요!!

그렇다! 언제고, 아이들이 부모에 대해 더는 아무것도 알려고 하지 않는 날이 온다. 부모도 더 이상 아이들에 대해 알지 못하게 되고……. 그때가 되면 사람들은 혼자가 되고, 외로워진다. 그건 진정 서글픈 일이다.

레고 조각에 담긴 아픔

어린아이를 키우는 부모만이 이해하는 일들이 있다. 오직 그들만이, 방바닥을 굴러다니던 레고 조각을 맨발로 밟았을 때의 온몸을 타고 흐르는 그 처절한 고통을 알고 있다. 오직 그들만이, 엉망진창이 된 아이들 방에 들어서는 순간 엄습하는 그 끝 모를 허탈감을 알고 있다. 오직 그들만이, 그래도 방바닥에 최소한 사람이 걸어 다닐 공간만큼은 있어야 하는 거 아니냐며 아이들을 타이르던 부모가 느끼는 설득의 무지막지한 한계를 알고 있다.

예를 들어, 안체와 내가 아주 조심스럽게 말을 건넨다.

"네 방 좀 치우면 안 되겠니?"

이렇게 물을라치면 막스는 번개 맞은 나무처럼 방바닥에 자

빠져, 눈을 치켜뜨고는, 소리치며 엉엉 울곤 한다.

"날이면 날마다 나보고 방만 치우래!!"

그럴 때면, 나와 안체의 가슴속에는 의구심이 절로 솟는다.

'저 어린아이에게 우리가 정말 너무하는 건 아닐까? 굳이 방을 정리 정돈해야만 한다는 게 혹시 구태의연한 생각은 아닐까? 이러다가 우리가 아이 가슴에 회복할 수 없는 상처를 남겨 주는 건 아닐까?'

어린아이를 키우는 부모들이 알지 못하는 게 있다. 모든 것이 다 무의미하다는 사실이다. 방을 치워야 한다는 고정관념을 떨쳐 버려라! 포기하라! 절망하라! 방바닥을 뒤덮고 있는 레고 조각, 인형의 팔다리, 과자 껍데기, 천 조각 등의 환상적인 조합은 결코 사람이 한 짓이 아니다. 그건 다만 이해된 적도 없고 이해할 수도 없는 무생물의 번식 과정으로 말미암은 결과일 뿐이다.

장난감 자동차가 초콜릿 부스러기를 여기저기 흩뿌리고, 껌 종이가 온갖 것을 끌어다 붙이며, 배트맨 인형은 벽 전체에다 낙서를 해댄다. 자전거 밸브는 수영 튜브에 달라붙고, 거북 인형의 품에서는 색연필이 부화되어 나오며, 낡아 빠진 공갈꼭지는 터져 버린 풍선 조각과 결합한다. 이 모든 것은 조각당 한 시간의 속도로 점점 더 작은 조각으로 분해되고, 발목 높이의 공간을 떠다니다가 열린 방문을 통해 복도로 흘러 나간 뒤에, 계단을 지나 마침

내 거실 위로 쏟아져 내린다.

그러고는 어느 날, 온 세상을 뒤덮고, 모든 부모의 몸뚱이를 뒤덮으며, 심지어는 아이가 없고 또 어떤 이유에서인지 아이를 갖지 않으려 해 그 모든 신비를 전혀 이해하지 못하는 사람들의 깜짝 놀라 굳어진 몸뚱이까지 뒤덮고 만다.

한 푼만 도와주세요!

　'교육'이라는 것이 본래 말장난에 불과한가 보다. 아무런 도움도 안 되고, 기껏해야 원하던 바와 정반대의 결과를 낳을 뿐이다.

　우리 아이들이 아주 어렸을 때, 안체가 고리타분한 성별 의식을 극복시키겠다며 막스에게는 인형을, 그리고 안네에게는 자동차를 사준 적이 있다. 하지만 채 몇 시간이 지나지 않아 두 아이는 서로의 장난감을 맞바꾸었고, 그렇게 해서 우리들의 첫 번째 교육 정책은 무참히 무산되고 말았다.

　나는 우리 아이들을 겸손하고도 남을 배려할 줄 아는 아이로 키우고 싶었다. 하지만 얼마 전에 막스를 유치원에 데려다 주면서, 나는 내 아들이 결코 그런 아이가 아니라는 엄연한 사실을 확

인했다.

유치원에 들어서자, 처음 보는 아주머니가 쪼그리고 앉아 어린 딸이 외투 벗는 것을 도와주는 모습이 눈에 들어왔다. 순간, 막스가 아주머니에게로 득달같이 달려가더니 엉덩이를 철썩 내리치며 말했다.

"어따! 엉덩이가 크기도 하네!"

난 정말이지 막스가 어디서 그런 말을 배웠는지 알지 못한다.

그놈의 사업 수완은 또 어디서 배웠을까?

한번은 거실의 조명 장치를 바꿔 달고 있을 때였다. 막스는 연장통에서 나사못 몇 개를 슬그머니 집어 갔고, 두 시간쯤 지난 뒤에 다시 나타나서는 손바닥을 펴 보이며 태연스레 제안했다.

"필립네 놀러 가게 해 주면, 이걸 다시 돌려드릴게요."

또 특정 대상, 특히나 단것에 대한 동물적인 육감은 어디서 배운 걸까? 나와 안체는 코코아 통을 냉장고 꼭대기에 감춰 놓는다. 그곳은 거의 천장과 맞닿아 있는지라, 나나 안체, 심지어는 가끔씩 모습을 나타내는 이웃집 고양이조차 쉽게 다가갈 수 없는 장소였다. 하지만 어느 날 오후, 막스는 부엌 식탁 위에 올라앉아 한 숟가락 가득 코코아를 입 안에 퍼 넣고 있었다.

"윽!"

달리 무슨 말이 필요하겠는가?

하루는 가족 모임이 열렸다. 모두 70명 정도가 참석한 큰 행사였는데, 참석자 대부분은 나이가 지긋했다. 문득, 나는 옆자리가 비어 있는 걸 눈치 챘다. 순간, '이 녀석이 또 어디 간 거지?' 하는 불안감에 휩싸였다. 그때, 한 손에 비닐봉지를 들고는 이 사람 저 사람 찾아다니며 말을 건네는 막스의 모습이 눈에 들어왔다.

"한 푼만 도와주세요!"

나는 그 자리에 주저앉고 말았다. 내가 정신을 차리고 사태를 수습하려고 나섰을 때, 비닐봉지에는 벌써 4유로 30센트가 모여 있었다.

그런 장삿속은 결코 가르친다고 얻어지는 게 아니다. 한 20년쯤 지나 저 애가 충분히 돈을 모을 때면, 어쩌면 나는 더는 책을 쓰고 있지 않을지도 모른다. (하지만 저 애가 여러분을 찾아간다 하더라도, 내가 보냈다고는 생각지 말아 주시기를 부탁드립니다.)

여섯 살 안네의 사랑

요즘 아이들은 점점 더 조숙해지는 것 같다. 물론 다른 면에서도 그렇지만, 특히나 성적으로 말이다. 나의 경우, 여덟 살 때 처음으로 유타라는 여자 아이와 결혼하겠다고 떼를 썼던 일이 기억난다. 우리 아이들도 마찬가지다. 다른 점이 있다면, 여섯 살이면 벌써 그런 생각을 한다는 사실이다. 어쨌거나 안네는 아침마다 15분씩 거울 앞에 서서, 입술을 새빨갛게 칠하고 눈꺼풀을 새파랗게 도배한다.

아침을 먹으면서는 옆집 사내아이인 펠릭스와의 관계를 신이 나서 이야기하곤 한다. 그 아이도 여섯 살이다. 얼마 전, 안체는 이 두 아이가 침대에 같이 누워 서로를 꼭 안고 있는 광경을 목격

했다. (물론 두 아이의 관계가 심각한 지경에까지 이른 것은 결단코 아닙니다!)

"우리, 사랑놀이 하는 중이에요!"

안네는 그렇게 말하더니 이불을 머리끝까지 뒤집어썼단다. 그리고 안체는 그 자리에 멍하니 서서, 이불 밑에서 나지막이 들려오는 키득거림을 듣고 있을 뿐이었다고 한다.

아이가 아직 없는 동료 한 사람이 그 이야기를 듣고는 조심스럽게 물었다.

"그럴 땐 어떻게 대처해야 하나요?"

세상에! 어떻게 대처하냐고?!

"코코아 더 마실래?"

이렇게 묻거나, 아니면 다음과 같이 말하고는 돌아서 나오는 수밖에…….

"이따가 장난감 치우는 거 잊지 마라."

두 아이의 관계를 문제 삼을 까닭은 전혀 없다. 펠릭스는 아주 착한 아이다. 누군가가 그 아이의 과일 샐러드에서 버찌를 빼먹지만 않는다면 말이다. 그럴 때면, 그 아이는 얼굴이 새파래져서는 손에 잡히는 대로 집어던져 댄다.

안네가 말한다.

"펠릭스는 정말로 사랑스러운 것 같아요. 나를 때리고 나면,

곧바로 다가와서 미안하다고 사과해요."

우리가 묻는다.

"그 애가 처음부터 널 때리지 않는 게 더 낫지 않을까?"

안네가 대답한다.

"맞아요. 그냥 한번 그렇다고 얘기한 것뿐이에요. 그런데요, 얼마 전에는 내가 눈을 감고 있는데, 펠릭스가 나를 문에다 확 밀쳤어요. 그런데도 하나도 안 아팠어요. 그 정도로 펠릭스는 사랑스럽다고요."

"뭐라고! 저 나쁜 놈 펠릭스!"

두 아이는 정말로 천생연분인가 보다. 지극하리만큼 서로를 생각하고, 서로에게 정성을 쏟는다. 게다가 이미 말했듯이 바로 옆집에 살고 있으니, 실용적이기까지 하다.

안네가 말한다.

"이웃집 중에 이사 나가 비는 집이 생기면, 나하고 펠릭스가 그리로 이사 갈 거예요."

'내년이면 그렇게 될지도 모르겠군.'

나는 이렇게 생각하며, 혼자서 근심에 잠긴다.

외계에서 온 아이

때때로 세상이 낯설게만 느껴질 때가 있고, 아이들이 좀처럼 이해되지 않을 때가 있다.

저녁나절, 열린 문틈으로 종종 아이들 방 안을 훔쳐본다. 오늘은 강아지 인형을 끌어안은 막스의 모습이 보인다. 아직 잠이 들지 않았다, 아직은…….

반쯤은 눈이 감긴 상태에서, 막스는 숫자를 세고 있다.

"열하나, 열둘, 삼십삼, 구십구, 백, 천……."

저게 뭐 하는 걸까? 아침이면 막스는 엄마 침대맡에 앉아, 엄마에게 등에다 손가락으로 숫자를 써 달라고 조른다. 그러고는 등에 숫자가 그려지는 족족 알아맞힌다. 재미있고, 진정 수수께끼

같은 놀이다. 그것도 새벽 여섯 시에 벌어지는……. 그리고 아침 식사 시간이면, 어쩌다 한 번이 아니라 아침 식사 때마다 막스는 질문을 한다.

"1 더하기 9 더하기 5 더하기 1000 더하기 0 더하기 99는?"

그리고 저녁때, 내가 94쪽짜리 동화책을 읽어 줄 때면, 막스가 불쑥 묻는다.

"9 곱하기 4는?"

83쪽짜리 이야기를 읽어 주고 있으면, 또 묻는다.

"8 더하기 3은?"

이게 무슨 짓일까? 저 아이는 과연 누굴까? 천재 수학자 리제나 가우스가 환생한 것일까? 아니면 먼 조상 중에 산술-무당이나 숫자-신비주의자가 있기라도 했던 걸까? 그도 아니면, 저 아이가 자기를 찾아온 외계인이라도 만나고 있는 걸까? 혹시 다른 별에 사는 외계인들이 저 아이를 우리 집에 대사로 파견한 건 아닐까?

분명한 건, 막스가 숫자에, 숫자의 마력에 푹 빠져 있다는 사실이다. 하지만 글자에는 도무지 관심이 없다. 한번은 말괄량이 삐삐가 아홉 살이라는 얘기를 들은 적이 있다. 그 후, 차를 타고 가다 9번 버스 뒤를 따라가게 되었는데, 막스가 소리쳤다.

"어! 삐삐 나이다!"

그런 일이 한두 번이 아니다. 얼마 전에는 액자에라도 써서 걸어 두고 싶을 만한 말을 한 적도 있다.

"미사는 최고의 숫자예요. 그보다 더 큰 숫자는 없어요."

미사? 최고의 수? 더 큰 숫자는 없다고? 그래, 분명해. 저 애는 목성의 위성인 가니메트 별에서 온 아이야. UFO-아이라고!

"막스, 그런데 미사는 숫자가 아니잖아?"

"숫자 맞아요."

"누가 그러던? 마이크가? 아님, 요셉이?"

"그냥 혼자 알았어요."

그냥 혼자 알았다고? 그래, 가니메트 별에서는 무엇인가를 그냥 혼자 알게 되나 보다.

그 다음날, 막스가 말한다.

"하지만 셀 수 없는 것은 미사보다도 더 커요."

"'샐 수 없는'이 아니라 '셀 수 없는'이야, 막스."

"아녜요. '샐 수 없는'이에요."

더 말해 무엇 하리! 가니메트 별 사람들은 우리 지구인들하고는 다른 차원의 의식 세계에서 살아가는가 보다. 그들은 우리에 관한 모든 것을 알고 있고, 우리는 그들에 대해서 아무것도 모른다. 그래서 막스는 나보다 더 많이 알고 있다. 훨씬 더 많이. 미사만큼 많이. '셀 수 없을' 만큼 많이.

아기 돌보미

몇 주 전, 공룡 한 마리가 문 앞에 찾아와서는, 아이들 키우는
데 도울 일이 없겠냐고 물었다. 그러면서 그는 바크낭 대학의 교
육학 석사 졸업장을 내밀었다. 내가 말했다.

"세상에! 어서 오거라. 우리는 언제나 도움이 필요하단다."

그 후로 그는 우리 집에서 같이 살게 되었다.

두 발은 거실 바닥을 딛고 선 채로, 그의 머리는 이층 다락방
창문을 통해 바깥세상을 내다본다. 엄청나게 머리가 좋은 편은 아
니다. 만일 그랬다면, 그의 머리가 다락방 창문을 통해 드나들 수
도 없었을 테니까. 하지만 그는 성실하고, 또 믿을 수 있다.

저녁나절 나와 안체가 공연을 보러 잠시 외출했을 때, 혹시라

도 아이들 중 하나가 침대에서 떨어지기라도 하면, 그는 곧바로 엄청나게 큰 소리를 질러대기 시작한다. 음악회어 빠져 있던 우리가 그 소리에 놀라 서둘러 집으로 달려올 정도로 말이다. 우리뿐만 아니라 경찰도 달려왔다. 그리고 그의 몫으로 두 배의 가축세를 치른 뒤에야 그를 계속 보유할 수 있었다. 물론 두 배의 세금이라야 뮌헨에서 아기 돌보미를 구하는 것과는 비교할 수 없을 만큼 적은 비용이긴 하지만…….

나는 언제라도 공룡을 유치원 보모로 추천할 준비가 되어 있다. 우리 집 공룡으로 말하자면 태어난 지 150만 년 된 마멘치사우루스인데, 그러니 당연히 경험도 엄청나게 풍부하다. 무엇보다도 좋은 점은, 그가 대단한 인내심을 가지고 있다는 사실이다. 그는 아이들이 던지는 질문 하나하나에 모두 다 대답해 준다. 또한 그는 막스가 공룡에 대한 사상 최대의 관심을 불러일으키게 하기도 했다.

저녁 시간에도 막스는 공룡 그림책을 뒤적이고, 낮이면 거의 날마다 다락방으로 올라가 마멘치사우루스에게 질문을 던진다.

"공룡들도 수영을 해?"

"공룡들도 산 짐승을 잡아먹어?"

그렇게 막스는 마멘치사우루스와 함께 공룡에 관한 모든 것을 두루 공부한다.

마멘치사우루스가 말한다.

"그럼, 당연하지! 산 짐승을 잡아먹는 공룡도 있고말고!"

그렇게 대답하는 그의 얼굴에는, 자기를 노리던 세 마리의 알로사우루스를 꼬리치기 한 방으로 멋지게 물리쳤던 아주 먼 옛날의 기억이 흐뭇한 미소와 함께 떠오른다. 막스가 눈을 반짝이며 다시 묻는다.

"그렇다면, 육식 공룡이 자기 자신을 잡아먹을 수도 있었겠네? 자기들도 산 짐승이잖아?"

그 말에 마멘치사우루스는, 공룡이 지구상에서 멸종된 이유를 밝혀 줄 수 있는 새로운 이론이 나타났다며 흥미진진해 한다.

하루는 유치원에서 돌아온 막스가 물었다.

"'이빨공룡'이 누군지 알아?"

마멘치사우루스는 몰랐다. 막스가 의기양양해져서 설명했다.

"이빨공룡은 세상에서 가장 힘센 공룡이래. 대포도 갖고 있었대."

"대포라고?"

마멘치사우루스가 놀라서 되물었다.

"응! 마르쿠스가 그랬어."

마멘치사우루스는 아주 슬펐다. 그는 평화를 사랑했고 또 채식주의자여서, 대포를 좋아하지 않았기 때문이다. 그는 울기 시작

했고, 계속 공룡의 멸종에 대해서만 이야기했다. 막스는 그를 달래야 했고, 그가 죽으면 그의 뼈를 유치원 놀이터에다 조립해 영원히 세워놓겠노라고 약속했다. 그제야 마멘치사우루스는 기분이 좋아졌고, 아이들은 다시금 그의 긴 목에서 미끄럼을 타며 즐거워할 수 있었다.

스파게티 엄마와 배불뚝이 누들 아빠

스파게티 엄마와 배불뚝이 누들 아빠에 대해 얘기한 적이 있
나요? 아니라고요? 그러면 이제 그 이야기를 들려 드릴게요.

스파게티 엄마와 배불뚝이 누들 아빠에게는 세 아이가 있답
니다. 아이들 이름은 안네, 막스, 마리입니다. 엄마 아빠는 이 세
아이를 위해 날마다 요리를 합니다. 스파게티 엄마가 부엌에 들어
서면서 "무엇을 요리해 줄까?" 하고 물으면, 아이들은 합창을 합
니다.

"스파게티요!"

그리고 훨씬 드문 경우긴 하지만, 배불뚝이 누들 아빠가 부엌
에 들어서며 같은 질문을 하면, 아이들은 한목소리로 대답합니다.

“누들요!”
그러면 엄마가 투덜댑니다.
“또 스파게티라고?!”
아빠도 소리칩니다.
“안 돼, 안 된다고, 안 된단 말야!”
이제 엄마 아빠는 커다란 요리책에 나와 있는 세상에서 가장 완벽한 요리를 하기 시작합니다. 예를 들면, 해바라기씨가 들어간 감자경단이나 호박씨 소스로 버무린 야채 샐러드, 그도 아니면 헤이즐넛이 든 쌀밥이나 파슬리 소스를 얹은 당근 요리 말입니다. 엄마 아빠는 아이들이 이런 음식을 먹어 건강하고 튼튼하게 자라기를 바랍니다. 그래서 엄마 아빠는 끓이고 굽고, 자르고 다지고, 묵직한 솥과 씨름을 합니다. 엄마 아빠가 완성된 요리를 식탁 위에 올리면, 아이들은 동시에 묻습니다.
“이 빨간 게 뭐예요?”
“얘들아, 그건 빨간 무란다.”
“이이! 이 초록색은요?”
“그건 파프리카고.”
“우웩! 또 파프리카야. 만날 파프리카! 우린 파프리카 싫어요. 안 먹을 거라고요!”
그러고 나면 스파게티 엄마와 배불뚝이 누들 아빠만이 남아,

식탁 위에 놓인 김이 모락모락 피어오르는 접시들 앞에 슬픈 얼굴
로 앉아 있습니다. 어려서부터, 음식을 남기면 안 된다고 듣고 자
란 배불뚝이 누들 아빠는 그 음식을 혼자서 몽땅 먹어 치웁니다.
하지만 또 다르게 배우고 자란 스파게티 엄마는 남은 음식에는 전
혀 손을 대지 않습니다. 그래서 배불뚝이 누들 아빠는 갈수록 더
뚱뚱해집니다. 오뚝이처럼 말입니다. 그리고 스파게티 엄마는 하
루하루 말라 갑니다. 마른 나뭇가지처럼 말입니다.

다음날, 엄마와 아빠는 스파게티와 누들을 요리합니다. 아주
맛있는 소스를 곁들여 준비한 요리 접시를 식탁에 올리면, 안네가
투덜댑니다.

"난 누들만 있는 게 좋은데……."

막스도 소리칩니다.

"맞아, 나도 누들이 좋아. 그냥 누들 말야!"

아직 말을 하지 못하는 마리도 덩달아 소스 접시를 깨뜨릴 태
세입니다.

잠시 후, 아이들은 소스를 치지 않은 생누들을 먹습니다. 그
러고 나면 스파게티 엄마는 아이들 걱정에 아무것도 먹지 못합니
다. 배불뚝이 누들 아빠는 산처럼 쌓인 자기 누들 접시 앞에서 끙
끙대고 있습니다. 결국 너무 많이 먹어 풍선처럼 부풀어 오른 배
불뚝이 누들 아빠는 남은 맛 좋은 소스를 지하실 냉장고에 보관하

려고 계단을 내려갑니다. 그러다가는 미끄러져 퉁퉁퉁 계단 아래
로 굴러 떨어집니다. 비불뚝이 누들 아빠는 맨 아래 계단에서 팝
콘 봉지처럼 사방으로 튀겨 흩어집니다. 굴러 떨어지던 아빠가 붙
잡았던 스파게티 엄마도 너무 말랐던 탓에, 그만 일곱 조각으로
부서지고 맙니다.

　　그날 이후로 남겨진 아이들은 날마다 생누들 요리만을 마음
껏 먹고 살았답니다. 그리고 영양실조에 걸려 죽지 않았다면, 그
아이들은 아마 지금도 아주 맛있고 행복하게 살고 있을 겁니다.

세 아이와 함께 식당에 간다는 것

얼마 전 우리 가족이 모처럼 외식하러 레스토랑을 찾았을 때, 한입 가득 누들을 씹고 있던 막스가 아주 근사하게 재채기를 한 것은 그리 나쁜 일이 아니었다. 또 옆자리에 앉았던 손님 한 분이 친절하게도 안네에게 토마토 소스를 얹은 스파게티를 나누어 주려 하자, 안네가 그분이 입고 있던 흰색 셔츠어 스파게티 접시를 들어 엎은 것도 결코 새삼스런 일은 아니었다. (그 일이 있고 나서 우린 서둘러 그곳을 떠나야만 했다. 어쩌다 손가락을 덴 안네가 마치 소방차 사이렌처럼 울어댔기 때문이다.)

그렇다고 서로 포테이토칩을 던지며 난리굿을 치고, 레몬주스를 병째로 흔들거나, 아니면 셋 가운데 누구 음식이 제일 양이 많은가 따져 본다고 야단법석을 떨어낸 일, 심지어는 주문한 음식이 나오자마자 아이를 안고 화장실로 달려가야만 했던 상황도 그다지 못 견딜 만한 일은 아니었다.

정말 흉악한 일은 레스토랑 안에 있는 다른 손님들의 시선이었다. 독일에서 세 아이와 함께 레스토랑에서 식사를 한다는 것은 주변 사람들의 따가운 눈초리에 끊임없이 시달려야 한다는 것을 의미한다. 턱들은 말없이 음식물을 씹고, 대화는 갑자기 중단되며, 얼굴들은 잔뜩 굳어진다. 그러고는 모두가 쳐다보고 쳐다보고 또 쳐다본다. 저 사람들은 아이들을 보면서 도대체 무슨 생각을 하고 있을까? 음식을 여기저기에 흘리고 묻힌다고? 가만히 앉아 있질 못한다고? 나이프와 포크를 가지고 장난을 친다고?

세 아이를 데리고 독일의 레스토랑을 한번 찾아가 보라. 그러면 왜 이 나라에는 유치원 수가 그렇게 적은지를 금방 알게 된다. 사람들의 따가운 시선에서 쉽사리 그 까닭을 찾을 수 있다.

혹시라도 어쩔 수 없이 아이들과 함께 레스토랑을 찾아야 할 일이 생긴다면, 그땐 우리 집 막스 같은 아이를 반드시 데려가도록!

한번은 막스가 옆 테이블로 다가가더니, 계속 우리 쪽을 힐끔거리던 한 아주머니 앞에 서서 자신 있게 말했다.

"식사할 땐, 그렇게 한입 가득 음식을 처넣는 거 아니에요!"

시와 아이들

요제프 폰 아이헨도르프의 아름다운 4행시다.

세상 모든 것 속에는 저마다의 노래가 잠자고,
그들은 그곳에서 끊임없이 꿈을 꾼다.
우리가 단지 그 마법의 언어를 만나는 순간,
세상은 노래 부르기 시작한다.

언어의 마력! 아이들과 함께하는 하루하루에서 우리들은 이미 그 마력을 맛보지 않는가?
자동차를 타고 야외로 놀러 갔던 어느 날의 일이 생각난다.

뮌헨 시내를 벗어나자마자 갑자기 뒷자리에서 뜬금없는 소리가 들려왔다.

"아빠, '산보' 하고 한번 말해 봐요!"

"산보."

"♬ 우리 아빠는 잠보래요, 먹보래요, 울보래요, 바보래요~."

킥킥거리고, 키득거리고, 깔깔대는 웃음 폭탄이 터졌다. 그 뒤로 한 30분쯤 차를 타고 갔을까? 나는 그 사이에 '산보'라는 말을 150번은 되풀이해야 했다. 그리고 그때마다 똑같은 일이 150번 반복되었다. 번번이, 처음과 똑같은 강도의 웃음 폭탄이 터져 나왔다.

그렇다, '우리가 단지 그 마법의 언어를 만나는 순간…….' 집으로 돌아오는 길에도 똑같은 일이 벌어졌다.

"아빠, '개나리' 하고 한번 말해 봐요!"

"개나리."

"♬ 개나리, 미나리, 항아리, 병아리, 고추잠자리~ ♪♩"

터져 나오는 폭소, 귀가 찢어질 듯한 환호성, 그리고 차 바닥이 무너질 듯한 몸짓과 발짓. 150번 '개나리'를 말하고, 그러면 세상은 노래 부르기 시작한다. 그날 이후로 운율 맞추기 놀이는 우리 가족에게서 뗄 수 없는 일상이 되어 버렸다. 그리고 그때마다, 따분해 하고 지루해 하고 힘들어 하고, 또 화내고 불평하던 아이들은 웃고 즐기며 기뻐하는 행복한 아이들로 돌변한다. 그러고는 이제 끊임없이 꿈을 꾸는 아이들이 된다.

　페터 륌코르프는 『아가르 아가르 차우차우림. 운과 유사 음의 역사』라는 유명한 책에서, 운율이 선사하는 기능 가운데 단순히 미적인 즐거움만을 강조하지는 않는다. 오히려 그는 운율의 진정한 가치를 '분규를 해결하고 경쟁을 조정하며, 공동체의 요구에 맞서 개인의 권리를 관철시키거나 또는 개인의 주관적인 주의 주장에 맞서 공동체의 행동 규범을 지켜 내는 명백한 중재 수단'으로서의 역할에서 찾는다. 그에 따르면, 아이들은 호되게 꾸짖거나 강제로 윽박지를 때와 마찬가지로 각운의 울림에 민감하게 반응한다고 한다. 우리 아이들의 경우, 때때로 야단을 치거나 강제로 명령을 해 봐도 전혀 끄떡하지 않는다는 점만 제외하면, 운이 맞는 것에 아이들이 매혹된다는 그의 주장은 분명 맞는 말이다.

　그렇다, 세상 모든 것 속에는 분명 저마다의 노래가 잠자고 있는가 보다…….

자전거 인생

하루는 안네가 말했다.

"세발자전거는 세살자전거예요. 세 살이 되면, 세발자전거를 선물받거든요."

막스는 벌써 다섯 살이고, 일 년 전부터 세발자전거가 아니라 제대로 된 자기 자전거를 하나 가지고 있다. 하지만 바로 얼마 전까지만 해도 막스는 그 자전거를 탈 생각을 하지 않았다. 내가 그 자전거에 달린 보조 바퀴를 떼어 버렸기 때문이다. 막스는 보조 바퀴 없이는 자전거 탈 생각을 전혀 하지 않는다.

내가 말했다.

"자전거 타는 걸 배우려면 연습을 해야지, 연습. 연습, 연습!"

그뿐인가?! 나는 거창하게 인생에 대한 일장 훈계까지 늘어 놓았다.

"어느 날이고 보조 바퀴는 떼게 마련이야. 그러고 나면 혼자 서 자전거를 타야만 하지. 그게 바로 인생이란다."

하지만 그러기엔 막스는 게으르다. 모든 것에 재주가 있는 아 이지만, 왠지 어느 한구석에 분명 굼뜬 면이 있다. 어쩌다 그런 성 격을 타고났는지 누가 알겠는가? 애고, 나한테 물려받은 거라 고?! 사실, 보조 바퀴를 다시 달아 줄 마음은 눈곱만큼도 없었다. 그래서 언제부턴가 막스의 자전거는 천덕꾸러기처럼 집 안 한구 석에 처박혀 있었다.

그러던 어느 일요일 날, 난 안네와 함께 뮌헨 교외의 아우마이 스터로 자전거 하이킹을 다녀왔다. 그리고 그날 저녁, 안네는 막스 앞에서 하이킹이 얼마나 재미있었는지를 신나게 이야기했다.

"가다가 아이스크림을 사먹었는데, 너무너무 맛있었어! 근사 한 놀이터도 있어서 시간 가는 줄 모르고 놀았지! 또, 가는 길에 양 떼도 볼 수 있었다고! 너도 같이 갔으면 정말 좋았을 텐데. 하 지만 거길 가려면 자전거를 타고 가는 수밖에 없거든. 그러니 하 는 수 없지 뭐……."

그날 저녁, 막스는 그 모든 자랑을 가만히 듣고만 있었다. 그 러더니 다음날 이렇게 물었다.

"누가 나 자전거 타는 연습하는 거 도와줄 사람?"

결국, 내가 나서서 말했다.

"뭐 꼭 그래야 한다면, 할 수 없지. 내가 도와줄게."

그러자 안체가 거들고 나섰다.

"그럼, 내일이 어떠니?"

"싫어요. 지금 당장요!"

막스가 소리쳤다. 그렇게 해서 나와 안체는 집 앞 골목 어귀에서 번갈아 가며 막스의 자전거를 붙잡아 주는 신세가 되었다. 자전거에 탄 막스가 넘어지지 않도록, 몸을 앞으로 잔뜩 구부린 채 오른손은 안장에 얹은 어설픈 자세로 말이다. 그건 정말이지 힘든 일이었다. 그런 와중에 잠시라도 썰라치면, 막스는 대뜸 소리를 질러댔다.

"꽉 잡으란 말예요!"

(으이그, 지독한 놈!)

그럼 나는 다시금 땀을 뻘뻘 흘리며 달려야 했다.

골목길을 세 번쯤 오갔나 싶을 때, 막스는 손 놓고 타기를 연습하겠다고 우겼고, 네 번째인가에는 핸들의 플라스틱 손잡이를 돌려대며, 그것이 무전기라고 떠벌이기도 했다. (막스는 실제로 손잡이에다 입을 갖다대고는 "지금 간다, 오버!" 하고 말할 만큼 여유를 부렸다.) 다섯 번째에는 핸들 돌리는 걸 잊어 먹기도 했다. 축구장을

지나치다 친구 안드레아스를 발견했기 때문이다.

"아빠, 있잖아요, 쟤가 얼마 전에 해적선을 선물받고 싶다고 했던 애예요."

어쨌든 막스는 번번이 땅바닥에 코를 박고 엎어졌다. 그런데도 전혀 아파하지 않고, 또 넘어지는 걸 겁내지드 않았다. 그만큼 막스는 자전거 타는 일에 갑자기 푹 빠지고 만 것이다.

저녁이 가까워질 무렵, 막스는 마침내 해내고야 말았다. 순전히 습관적으로 안장을 꽉 붙들고 있던 내게 막스가 소리쳤다.

"아빠! 이제 한번 놔 보세요!"

그렇게 한마디 말을 남기고는 골목 모퉁이를 돌아 바람처럼 내 눈앞에서 사라져 갔다.

이미 말했듯이, 어느 날이고 보조 바퀴는 떼게 마련이다. 그러고 나면 혼자 힘으로 가야만 하고, 우리들 보조 바퀴는 아무짝에도 쓸모없는 신세로 뒤에 남게 된다. 이것이 바로 인생이다.

다음 주말이면 막스는 안네와 함께 아우마이스터로 자전거 하이킹을 갈 것이다. 그리고 내가 앞으로 일주일 동안 착하게 군다면, 어쩌면 나를 데리고 가 시원한 맥주 한잔을 사줄지도 모른다.

공갈꼭지의 비밀

　　최근에 꿈을 꾸었다. 대서양 한가운데서 발생한 저기압이 먹구름을 몰고 달려오더니, 우리 마을을 온통 뒤덮어 버렸다. 그러더니 갑자기 하늘에서 비가 쏟아지기 시작했다. 공갈꼭지 비가! 빨간 꼭지, 파란 꼭지, 노란 꼭지, 줄무늬 꼭지……. 아! 나와 안체는 그 순간 얼마나 행복했는지……. 우리는 정원으로 달려 나가, 온몸으로 공갈꼭지 비를 맞이했다. 비가 되어 쏟아지는 공갈꼭지들이 머리를 두들기는데도, 온몸을 내맡긴 채 즐거워했다. 공갈꼭지를 입에 넣어 보기도 하고, 삽으로 떠서 집 안으로 던져 넣기도 했으며, 공갈꼭지 더미 위에서 어린아이처럼 마구 구르기도 했다.

드디어 공갈꼭지 걱정도 끝이야! 더는 공갈꼭지를 찾을 필요도 없고, 더는 테이블이나 식탁 아래로 기어 들어갈 필요도 없다고! 이제 더 이상, 밤이면 밤마다, 부족한 잠 때문에 반쯤은 감긴 눈으로, 그리고 아기 울음소리에 반쯤은 닫힌 귀로, 마지막 남은 하나의 공갈꼭지를 찾아, 그나마 쓸 수 있을 단 하나의 공갈꼭지를 찾아 아이들 방을 기어 다닐 필요가 없다고…….

그 순간, 나는 꿈에서 깨어났다. 아기 우는 소리가 들렸기 때문이다.

공갈꼭지 없이도 아이들을 키울 수 있는 건지, 솔직히 잘 모르겠다. 그러려고 시도해 본 사람도 있긴 하다는데……. 하지만 그런 사람들과 직접 만나 이야기해 본 적은 없다. 그런 사람들을 길거리에서 만난다는 건 그리 쉬운 일이 아니다. 그런 사람들은 아마도 집에 틀어박혀, 열심히 자기 아이들을 달래고 있을 것이기 때문이다. 어쨌거나 고백하건대, 나는 공갈꼭지를 사용하는 편이 훨씬 한갓지고 수월하다고 믿는 사람 쪽에 속한다.

공갈꼭지가 어린아이의 정신적·육체적 건강에 해를 끼치는가, 아닌가? 나의 고민은 사실 그런 사치에 가까운 원리 원칙의 문제에 있는 게 아니다. 나의 문제는 단지, 필요할 때면 그놈의 공갈꼭지가 눈에 띄지 않는다는 사실일 뿐이다. 공갈꼭지는 끊임없이 사라진다. 마리 입에 공갈꼭지를 새로 하나 물리고 난 지 30분만 지나면, 공갈꼭지는 보이질 않는다. 한 번쯤은 아기 식탁 밑에서 찾아내기도 한다. 하지만 그뿐, 그 다음부터는 어디에서도 찾을 수가 없다. 이 같은 진리를 터득한 후, 우리는 장을 볼 때면 한꺼번에 적어도 세 개 이상의 공갈꼭지를 사곤 했다. 하지만 그 방법도 채 하루를 버티지 못했다. 그래서 요즘에는 숫제 슈퍼마켓의 공갈꼭지 선반을 싹쓸이해 오는 형편이다.

밤이면 마리를 아기 침대에 눕히고, 10센티미터가량 높이의 공갈꼭지로 침대를 가득 채운다. 마리의 얼굴만이 간신히 보일 정도로 말이다. 하지만 다음날 아침이면 침대는 어김없이 텅 비어 있다. 마리는 침대에 버젓이 누워 있건만, 그 많던 공갈꼭지는 도대체가 하나도 보이질 않는다.

마리가 그 많던 공갈꼭지를 다 먹어 버린 걸까? 아니면 이다음에 자기 아이들에게 써먹으려고 그것들을 어디다 몰래 감추어 두는 걸까?

그게 아니다! 어느 날, 나는 공갈꼭지에 얽힌 엄청난 비밀을 밝혀내고야 말았다! 음흉하고 비양심적인 공갈꼭지 제조 회사가 판매량을 늘리기 위해 모든 공갈꼭지에 아주 미세한 장치를 달아 놓았던 것이다. 일종의 시계 장치와 결합된 정교한 메커니즘으로 말미암아, 일정한 시간이 지나면 공갈꼭지는 모두 다 공중분해되어 허공 속으로 사라지고 마는 것이다. 나는 무심결에 공갈꼭지

를 분해해서 꼼꼼히 살펴보다, 그 엄청난 사실을 알아내고야 말았다. 그 같은 메커니즘은 꼭지 안쪽에 달려 있고, 시계 장치는 공갈꼭지 고리 부분에 설치되어 있었다. 공갈꼭지를 귀에다 대보면, 누구나 그 안에서 똑딱거리는 소리가 나는 걸 확인할 수 있을 것이다.

애고! 정신 나간 소리 하지 말라고요? 제 말을 믿어 주세요! 전 절대로 미치지 않았답니다. 단지 피곤할 뿐이에요. 아주 많이 말입니다!

돌아온 헨젤과 그레텔

옛날 옛적에, 한 남자와 한 여자가 살았답니다. 그들은 세 아이와 함께 독일의 어느 자그마하고 아름다운 집에서 살고 있었습니다. 큰아이와 둘째 아이의 이름은 헨젤과 그레텔이었습니다. 막내 이야기는 일단 접어 두지요. 그 아이는 이 얘기에 등장하지 않거든요.

헨젤과 그레텔은 날이면 날마다 싸웠습니다. 아침에 눈을 떠 옷을 입을 때면 그레텔이 남동생인 헨젤에게 시비를 겁니다.

"내 옷이 네 거보다 훨씬 더 예쁘지!"

그러면 헨젤은 약이 올라 그레텔에게 대들고, 결국에는 누나를 한 대 쥐어박습니다. 아침을 먹으러 갈 때쯤이면 헨젤이 누나

의 성질을 건드립니다.

"내가 누나보다 훨씬 빨리 계단을 내려갈 수 있다!"

그러면 이번에는 그레텔이 불같이 화를 내며 동생에게로 달려들고, 곧바로 동생을 한 대 쥐어박습니다. 억울하다며 엉엉 울던 헨젤이 점심을 먹으며 또 한소리 합니다.

"내 누들이 누나 것보다 훨씬 부드럽다고, 이 바보야!"

그레텔도 결코 물러서지 않습니다.

"바보라고 말하는 애가 진짜 바보래요!"

이쯤 되면 두 아이는 화가 머리끝까지 치밀어 식탁을 중심으로 쫓고 쫓기다, 결국은 치고받으며 드잡이를 칩니다.

너무너무 속이 상한 엄마 아빠는 두 아이를 숲 한가운데에다 내다 버리기로 마음먹었습니다. 엄마 아빠는 언제나 행복한 가정을 꿈꿔 왔고, 그래서 눈만 뜨면 그렇게 으르렁대는 두 아이의 싸움을 더는 지켜볼 수가 없었던 모양입니다.

두 아이는 엄마 아빠의 계획을 눈치 챘고, 숲에서 집으로 돌아올 길을 표시하기 위해 몰래 작은 돌들을 모았습니다. 하지만 두 아이의 은밀한 계획은 숲 한가운데로 가는 길에 벌써 들통이 나고 말았습니다. 왜냐하면, 두 아이가 누가 모은 돌들이 더 큰지를 놓고 큰 소리로 말다툼을 벌였기 때문입니다. 하기야 그런 일이 없었다고 해도, 엄마 아빠는 헨젤과 그레텔의 그런 생각쯤은 이미 훤히 읽고 있었습니다. 두 아이에게 헨젤과 그레텔 이야기를 아마 수천 번은 읽어 주었기 때문입니다. 그래서 엄마 아빠는 집으로 돌아오는 길에 두 아이가 몰래 놓아둔 작은 돌들을 모두 치워 버렸습니다.

그렇게 해서 두 아이는 숲 한가운데서 길을 잃고 헤매다, 결국 마귀할멈의 집에 이르렀습니다. 그 집은 빵으로 지어졌고, 과자로 지붕이 덮였으며, 창문은 사탕으로 만들어져 있었습니다. 그 사실을 안 두 아이는 득달같이 달려들어 창문 하나씩을 떼어 냈습니다.

그레텔이 말했습니다.

"내 창문이 네 것보다 더 맛있다~!"

헨젤도 지지 않고 소리쳤습니다.

"아니야~!"

그 모습을 지켜보던 마귀할멈은 순간 당황했지만, 이내 헨젤을 으깨서 구워 먹기로 결심했습니다. 마귀할멈은 헨젤을 우리 안에 가두었고, 날마다 손가락을 우리 밖으로 내밀게 해, 잡아먹을 만큼 통통하게 살이 쪘는지를 검사했습니다. 그럴 때마다 헨젤이 소리쳤습니다.

"그레텔 손가락이 내 손가락보다 훨씬 통통해요!"

그러면 성질 급한 마귀할멈은 참지 못하고 화를 냈습니다.

"그러니까 주는 음식은 남기지 좀 말고 다 먹으라고! 또 밥 먹을 땐 그놈의 수다 좀 그만 떨고!"

또 헨젤이 창살 사이로 손을 내뻗어 누나를 때리려고 할 때면, 마귀할멈은 헨젤의 손을 내리치며 거의 울 듯한 목소리로 애원했습니다.

"못된 짓 좀 그만 해라! 그럴 시간 있으면, 네 우리라도 좀 치우라고!"

허구한 날 실랑이를 벌이는 두 아이를 지켜보던 마귀할멈은 결국 얼마 지나지 않아 완전히 녹초가 되고 말았습니다. 마귀할멈이 그레텔에게 물었습니다.

"너희 둘은 정말이지 사이좋게 지낼 순 없는 거니?"

그러자 그레텔이 대답했습니다.

"형제들은 원래 이렇게 싸우면서 자란다는 것도 모르셨어요?"

마귀할멈이 당황해서 중얼거렸습니다.

"아니……, 난 형제 없이 자랐거든……."

결국 마귀할멈은 두 아이의 손을 잡아끌며 숲을 빠져나왔고, 어느 자그마하고 아름다운 집 앞에 서서 초인종을 눌렀습니다. 엄마 아빠가 깜짝 놀라 달려 나오자, 마귀할멈이 간절히 애원했습니다.

"저 녀석들 좀 제발 도로 데려가시구려! 정말이지 세상에 둘
도 없는 골칫거리들이오!"

그러자 엄마 아빠는 너무너무 사랑스런 얼굴로 두 아이를 꼭
껴안았습니다. 두 아이를 숲에다 버리고 온 뒤로, 엄마 아빠는 정
말이지 한숨도 못 잤습니다. 자신들의 삶은 세 아이가 있어 비로
소 행복하다는 사실을 진실로 깨달았기 때문입니다.

정말로, 정말로 돈이 필요한데,
왜 아빠 부자가 아니에요?

뮌헨 근교 어느 자그마하고 아름다운 집에서 안네와 막스와 마리 세 아이를 키우는 우리 아빠가 부자가 되지 못한 까닭을 소개합니다.

어느 날, 집 전화벨이 울렸습니다.

슈틸리케: 하케 씨, 안녕하세요? 저는 슈틸리케 앤 슈틸리케 투자 회사의 투자 상담원 슈틸리케입니다. 어떻게 하면 재산을 늘릴 수 있는지 혹시 생각해 보신 적 있나요?

아빠: 부자 되는 생각을 해본 적 있냐고요? 그런 생각은 눈곱만큼도 할 틈이 없답니다. 안네! 마리하고 잠깐 놀아 줄래?

슈틸리케: 하케 씨, 우리 회사는 개인적인 면담을 통해 고객 여러분이 미래를 설계하는 일을 돕고자…….

아빠: 막스! 아빠 지금 모르는 분하고 통화하고 있어! 할머니하고 전화하는 게 아니라고! 그러니까 전화기 들고 장난하면 안 돼!

슈틸리케: ……그러므로 하케 씨가 희망하는 수익률과 안정성에 따라 우리 회사는 적절한…….

아빠: 막스! 이제 제발 그만 좀 하라니까…….

슈틸리케: ……그 밖에도 시세 변동에 따른 위험은 전혀 없습니다. 이 정도 조건이면 괜찮은 투자 상품 아니겠습니까? 하케 씨? 하케 씨? 제 말 듣고 계신가요? 응, 누구세요?

막스: 전 막스예요.

슈틸리케: 아! 그렇구나.

아빠: 막스, 전화기 좀 내려놓으라고! (막스에게서 전화기를 뺏으려고 한다.)

막스: 8 더하기 8 더하기 8은 얼마예요?

슈틸리케: 에, 그러니까 24네요. 그런데 갑자기 왜? 하케 씨?

아빠: (막스의 손에서 수화기를 잡아채며) 네, 그렇군요. 정말 괜찮은 조건인 것 같네요.

슈틸리케: 네, 그렇습니다. 좀 더 구체적으로 말씀드리자면,
하케 씨의 경우 2만 4000유로를 투자하시면 2년 뒤에
는…….

아빠: 안네! 애들 좀 데리고 방에 가서 놀아!

슈틸리케: 그렇네요, 계산을 해 보았더니, 대략…….

아빠: 마리, 이제 입 좀 그만 다물라고!

슈틸리케: 네?! 입 좀 그만 다물라고요?

아빠: 아이고, 죄송합니다. 슈틸리케 씨가 아니라, 우리 마리
에게 한 소립니다.

슈틸리케: (웃으며) 간단하게 말씀드리면, 우리 회사에 투자
하시면 분명 높은 수익을 올리실 수 있다는 겁니다.

아빠: 세상에! 마리에게서 과도 좀 빼앗아!

슈틸리케: 또한 약간의 위험 부담이 있긴 하지만, 주식 상품
에 투자하실 수도 있습니다. 그 경우라면, 5년 뒤에 아마도
훨씬 더 많은…….

아빠: 그거 이리 내! (수화기가 바닥에 떨어지고, 아빠는 마리 손
에서 과도를 빼앗아 든다. 아빠가 다시금 수화기를 붙잡는다. 마
리는 앙앙 울기 시작하고, 막스는 스케이트보드를 거실 바닥에
꽝꽝 내리치며, 안네는 메모리 게임을 하자고 졸라댄다.)

슈틸리케: 혹시라도 제가 방해가 되는 건 아닌지 모르겠습

니다.

아버지: 아이, 무슨 말씀을! 우리 집은 한시도 조용할 날이
없답니다. 안네, 아빠가 조금 있다가 메모리 게임 하고 놀
아 줄게. 아주아주 오랫동안 말야. 하지만 지금은 상황이
좀 그렇구나.

슈틸리케: 그래서 제가 좀 전에 여쭙지 않았습니까? 혹시 방
해가 되는 건 아닌가 하고요?

아빠: 지금은 안 된다고 분명히 그랬지, 이 엉터리 아가씨야!
아빠 좀 제발…….

슈틸리케: 엉터리라니요? 듣기가 좀 거북하군요. 우리 회사
는 분명 아주 건실한…….

아빠: 그래, 알았다고! 나중에 놀아 줄게, 나중에! 그러니 지
금은 제발 가서 마리 좀 달래 주렴. 아빤 전화 좀 받을게.

슈틸리케: 차라리, 다음에 다시 전화드릴까요?

아빠: 슈틸리케 씨, 그럼 이런 경우라면 수익률이 어떻게 되
는 건가요……. 막스! 부엌에서 불장난하면 안 돼! 2층에
선 또 웬 물소리가 나는 거냐? 누가 욕조에 물 틀어 놨니?
슈틸리케 씨?

슈틸리케: 네?

아빠: 2층에서 물이 막 흘러내리네요. 부엌에선 불이 났고요.

슈틸리케: 세상에!

아빠: 우리 막스가 부엌 식탁에다 불을 피웠나 봐요. 하지만 2층에서 물이 흘러내리니, 곧 꺼지겠지요.

슈틸리케: 어떻게 좀 도와드릴까요?

아빠: (신경질적으로 킥킥거리며) 우리 막내딸 목까지 물이 찼나 봐요. 그래 알았다, 마리! 아빠가 곧 가마! 그럼, 당신 회사의 증권 평균 수익률이 얼마인지 말씀해 주시겠습니까?

슈틸리케: 아니, 지금 같은 상황에서 어떻게 그런 말씀을 하실 수 있으신가요?

아빠: (허탈하게 웃으며) 큰놈들 둘은 이제 막 집 밖으로 피신했고요, 막내 녀석은 조금 있다가 제가 물에서 꺼내 오면 됩니다. 그러니 이제야 비로소, 잠시나마 맘 편히 전화받을 짬이 생긴 거라고요. 참, 평균 수익률을 말씀해 주셔야죠. 이자는 복리로 계산되는 건가요?

슈틸리케: 지금 제정신이십니까?

아빠: 지금 제정신이냐고요? 왜요? 애가 셋씩이나 돼서 말입니까?

(슈틸리케 씨는 할 말을 잃고 전화기를 내려놓습니다.)

아빠: 슈틸리케 씨! 슈틸리케 씨!!! 수익률요! 수익률을 말씀해 주셔야죠! 이런, 끊어졌네. 이제 좀 제대로 전화하나 싶

었는데……."

아빠의 허탈한 목소리만이 한동안 집 안을 맴돕니다. 결국 그렇게 해서 세 아이의 아빠는 부자가 되지 못했습니다. 정말로, 정말로 돈이 필요했는데 말입니다.

마리에게 말 가르치기

　　오늘은 아빠가 마리에게 어떻게 말을 가르치는지 한번 엿들어 봅시다.

　　마리는 이제 곧 두 살이 되고, 할 줄 아는 말이라곤 '예', '아요', 그리고 '여꺼'가 전부다. '예'는 '예'고, '아요'는 '안녕'이며, '여꺼'는 '여기 이거'다. 이 세 단어 중에서도 마리는 특히 눈에 보이는 물건을 가리킬 때마다 하루에도 수백 번씩 '여꺼'라는 말을 되풀이한다. 마리는 더 이상의 말은 모른다. 심지어는 '싫어!'라는 말조차 할 줄 모른다. (아, 이맘때가 아마도 가장 귀여울 때이리라!)

마리가 아장아장 방 안으로 걸어 들어온다.

"안녕, 마리?"

"아요!"

"마리, 너 말 배우고 싶니?"

"예!"

"아이고 착하기도 해라! 우리 공주님, 말도 예쁘게 하네. 자, 그럼 정신 차리고 따라해 봐. 귀!"

"아요!"

"마리, 여길 보고. 이게 바로 귀야."

"아요!"

"귀, 여기 이거."

마리가 손가락으로 자기 귀를 가리키며 말한다.

"여꺼!"

"그래, 맞아. 그게 귀야. 한번 해볼까? 귀!"

"기~."

"아이구 잘했네! 이제 너도 귀가 뭔지 알았지? 그게 네가 할 줄 아는 네 번째 말이구나! 자, 하나 더 배워 볼까? 여기 앞에 있는 건 코야. 코!"

마리가 자기 코를 가리키며 말한다.

"여꺼!"

“그래! 바로 그게 코라고.”

“기~.”

“아니, 코.”

“기~.”

“아니, 귀가 아니라 코.”

“기~.”

“코.”

“기~. 여꺼 기~.”

그때, 안네와 막스가 방으로 들어선다.

“아요!”

안네가 말한다.

“아빠, 마리가 사람들이 하는 말을 다 알아듣는 거 알아요? 물으면 대답도 해요.”

“그래? 난 몰랐는데.”

아빠가 대꾸하자 안네가 키득거리며 마리에게 묻는다.

“마리, 너 휴지 먹지?”

“예.”

마리의 대답에 안네가 배꼽이 빠져라 깔깔거리며 바닥을 뒹군다.

이번에는 막스가 찡그린 표정으로 물어본다.

“마리, 너 양치물 마시지?”

“예.”

막스도 배꼽이 빠져라 깔깔거리며 바닥을 뒹군다.

아빠가 다시 묻는다.

“마리, 너네 아빠 바보 맞지?”

“예.”

이번엔 이렇게 대답한 마리가 배꼽이 빠져라 깔깔거리며 바닥을 뒹군다. 문득, 우울한 생각이 아빠를 사로잡는다.

'우리 마리는 아무래도 말을 못 배우려나 봐. 다른 집 애들은 두 살이면 벌써 웬만한 말은 다 하던데, 우리 마리는 아직도 저러고 있으니……. 기껏 어디서 '여꺼'라는 말은 벌써 배워 가지고, 하루 종일 나만 귀찮게 만들고 말이야.'

아빠는 슬픈 눈빛으로 방 안을 둘러본다. 갑자기 탁자 아래서 어린 마리가 머리를 불쑥 내밀며, 환한 미소와 함께 말한다.

“아요!”

그러고는 귀를 붙잡으며 또 말한다.

“여꺼, 기～.”

마침내 아빠가 배꼽이 빠져라 깔깔거리며 바닥을 뒹군다.

제 3 세 계 원조

막스는 아직 어린아이고, 그래서 묻고 싶은 것도 참 많은 모
양이다. 이것이야말로 정말 바람직한 일임이 분명하다.

"아빠, 오늘이 왜 일요일이에요?"

"아빠, 스케이트보드가 영어로는 뭐예요?"

"스케이트보드는 원래 영어란다."

"아, 그렇구나!"

그렇게 질문 많은 막스건만, 단 두 주제에 대해서는 결코 더
묻는 법이 없다. 하나는 '미국'이고, 다른 하나는 '기사들'이다.
그것들에 관해서만큼은 마치 모든 걸 이미 다 알고 있다는 투다.

"아빠, 기사들은 이 세상에 제일 먼저 살았던 사람들이에요."

“아니야, 그렇지 않아. 아빠가 설명해 줄게, 잘 들어 봐.”

“아빠, 그리고 기사들은 미국에 살았어요.”

“그게 아니래도!”

“맞아요! 기사들은 분명 미국에 살았단 말예요.”

“그건 네가 잘못 알고 있는 거야. 기사들은…….”

“아니에요! 맞단 말예요! 착한 기사들도 있고 나쁜 기사들도 있었는데, 착한 기사들은 미국에 살았다고요.”

“그럼 나쁜 기사들은?”

“그 사람들도 미국에 살았지요. 남미이긴 하지만.”

“아, 그렇구나.”

“미국에도 물론 아주 가난한 사람들이 있어요. 너무 가난해서 먹을 게 하나도 없는 사람들 말예요.”

“정말 불쌍한 기사들이겠구나.”

그렇게 대꾸하던 중에, 하마터면 웃음을 터드릴 뻔했다. 어쨌거나 나는 억지로 웃음을 참으며, 진지한 표정으로 강조했다.

“그러니까 말이다, 그렇게 날마다 사탕 같은 걸 사달라고 조르면 안 되는 거야, 알았지?”

“네, 아빠! 참, 아빠도 빌리 알죠? 안나 오빠 말예요. 걔가 미국에 여행 가서는 그곳 사람들에게 뭔가를 주고 왔대요.”

ESSEX

복수는 나의 것

막스는 말할 때 약간 혀 짧은 소리를 낸다. 그러니까, 혀를 윗니에 들이미는 버릇이 있다. 뭐 그리 걱정할 정도는 아니고, 크면서 저절로 고쳐질 것이다. 어쨌든 막스가 "과자 좀 주세요!" 하고 말할 때면, 언뜻 "과다 돔 두데요!" 하고 말하는 것처럼 들린다.

"아빠, 마딛는 과자 돔 두실래요?"

"어떡하나? 지금은 하나도 없는데."

"에이, 부엌 찬땅에 숨겨 논 거 이따나요! 나도 다 알아요."

"단걸 너무 많이 먹으면 안 좋아. 특히 아이들한테는. 이가 상한단 말이야. 그래서 그러는 거야."

"피! 만날 안 된대!"

어휴! 언제고 내 그놈의 마약 거래상들을 혼내 주고야 말리라! 놈들은 과자 제조업자라는 이름으로 자신들의 정체를 위장한 채, 아이들을 사탕 중독에 빠뜨리기 위해 온갖 수단과 방법을 가리지 않는다. 내 언제고 그놈들의 입 안을 초콜릿과 사탕으로 하나 가득 채워 넣고야 말 것이다. 놈들의 온몸을 꿀로 도배하고야 말 것이며, 뜨거운 프라이팬에 놈들을 올려놓고는 캐러멜로 들들 볶고야 말리라. 놈들이 아이들한테 하던 짓을 그대로 되갚고야 말리라.

생각만 해도 흐뭇하고, 달콤한 미소가 절로 새어 나오는 복수다. 과자 제조업자들은 계산대 앞 진열장에 늘어놓은 물건들을 '생떼 상품'이라고 부른단다. 부모들이 계산대 앞에서 차례를 기다리는 동안, 아이들은 '생떼'를 부린다. 부모들은 일단 "안 돼!" 하고 말하지만, 아이들은 계속 생떼를 쓴다. 부모들은 이윽고 진땀을 흘리며 체념 상태에 빠지기 시작하고, 일종의 죄책감까지 느끼게 된다. 결국에는 아이들의 미움을 사고, 심지어는 아이들과 멀어지기까지 한다. 한마디로 말해, 놈들은 우리 부모들의 사랑을 희생물로 삼아 장사를 하는 것이다. 그래서 우리 부모들은 과자 제조업자들을 결사반대한다!

언제 어디서고 되풀이되는 그놈의 말!

"마딛는 과다 돔 드데요!"

얼마 전에 한번은 온 가족이 '자연사박물관'을 찾은 적이 있다. 그곳에서 우리는 가시고기의 성생활에 관한 기록 영화를 보았고, 원숭이의 뼈대를 보았으며, 마지막으로 신기한 원생동물과 원형 식물, 바큇과의 곤충류와 가시털이 난 환충 등 온갖 벌레의 입체 전시 모형을 관찰했다. 그때 갑자기 잔뜩 흥분한 막스의 목소리가 홀 안에 울려 퍼졌다.

"아빠, 더기 돔 봐요! 마딛는 게 이떠요!"

순간, 나는 생각했다.

'이 녀석이 한동안 단것을 못 먹더니, 금단 현상으로 드디어 헛것을 보기 시작했나? 지금이라도 얼른 초콜릿 한 조각을 입에 물려 줘야 하는 건가?'

세상에나! 우리 앞에 놓인 원시 갑각류 모형 가운데, 투명한 황갈색에 엄지손톱 크기만한 딱정벌레 한 마리가 내 눈에 들어왔다. 그리고 고백하건대, 그놈은 정말이지 막스가 즐겨 찾는 젤리 과자와 똑같아 보였다!

가족 여행

늦은 저녁에 휴가를 떠나는 가족들이 있다. 우리도 한번 그래 볼까? 그러면 아이들은 차를 타고 가는 동안 내내 잠을 잘 테고, 또 한밤중의 고속도로는 텅 비어 있을 게 분명했다. 그래서 아주 쾌적한 시간이 지나 해가 뜰 무렵이면, 아마도 목적지에 도착할 수 있을 터였다.

하지만 우린 그럴 수가 없다. 밤이 되면, 먼저 나부터 잠을 자야 하고, 세상없어도 잠을 자면서 운전을 할 수는 없는 노릇이기 때문이다. 아침에 도착한다고?! 나부터 지칠 대로 지쳐, 아마도 녹초가 되어 뻗고 말 것이다! 그래서 우리는 결국 아침 일찍 일어나, 아침 식사를 하고, 여행을 시작한다.

휴가 때면, 우리 가족은 대부분 이탈리아의 사르데냐를 찾는다. 그곳까지 가려면 평균 잡아 스물네 시간이 걸린다.

뮌헨 시내를 막 벗어나 고속도로에 들어설 즈음, 막스가 제일 먼저 묻는다.

"아빠, 언제쯤 도착해요?"

"아직 좀 더 가야 해."

홀츠키르헨을 지날 때쯤, 이번에는 안네가 묻는다.

"얼마나 더 가야 해요?"

"애들아, 솔직히 얘기하면 내일 아침이나 돼야 도착할 거야. 그러고도 또 배를 타고 들어가야 하거든. 그러니까 아주아주 오래 걸린단다."

쿠프슈타인을 지나며, 막스가 묻는다.

"언제 도착해요?"

인스브루크를 지나며, 안네가 묻는다.

"언제 도착해요?"

안체는 언제나처럼 느긋하다. 안체는 이런저런 보드 게임이 들어 있는 가방을 옆에 끼고 있고, 비상사태에 대비해 사탕 주머니로 무장하고 있기도 하다. 안체는 아이들과 함께 노래를 부른다. 또 '늑대와 일곱 마리 아기 염소' 카세트도 듣는다. 브렌네르를 지날 무렵, 난 그 이야기를 글자 하나 틀리지 않고 외울 수 있게 된다. 머리에 쥐가 나면서 '아! 언제나 도착하려나?' 하는 생각이 절로 드는 찰나, 막스가 묻는다.

"정말로, 언제 도착하는 거예요?"

안네도 묻는다.

"정말로, 언제 도착하는 거예요?"

마리는 아직 말을 못한다. 말을 할 줄 알았다면, 마리는 또 뭐라고 물었을까?

가르다 호수를 지날 때쯤, 뒷자리에서 한바탕 소동이 일어난다. 게임이란 게임은 이미 한 번씩 다 해본 뒤고, 안체는 '늑대와 일곱 마리 아기 염소' 이야기를 거꾸로도 줄줄 왼다. 막스가 뒷자리 옆 창문을 열더니, 밖으로 몸을 빼려고 기를 쓴다. 안네는 내 머리에다 음료수를 쏟아 붓는다.

모데나부터는 차가 막히기 시작한다.

'차라리 가르다 호수에서 휴가를 보낼 걸 그랬나?'

후회와 망설임이 온몸을 짓누르는 순간, 우리 옆에 나란히 서 있던 차 안에서 비명 소리가 울려 나온다.

"정말이지, 얼마나 더 가야 하는 거냐고요?"

잠시 차에서 내려 휴식을 취할까 싶기도 하지만, 차 안은 이미 사탕 껍질로 꽉 메워져, 문을 열기조차 쉽지 않은 상황이다. 그래서 밖으로 나가는 것을 포기하고 만다.

우리 차 앞에는 관광버스 한 대가 서 있다. 맨 뒷좌석에 앉은 아이들이 유리창 너머로 플래카드 하나를 펼쳐 보인다.

"언제쯤에야 도착하나요?"

라디오를 켜자, 아드리아노 셀렌타노의 노래가 들려온다.

"얼마나 더 가야 하나요? 언제쯤에야 도착하나요?"

운전석 옆 바닥에 떨어진 과자들이 합창을 한다.

"얼마나 더 가야 하나요?"

그래도 안체는 여전히 느긋하다. 하지만 난 더는 견딜 수가 없다. 마침내 내 목구멍에서 절규와 비명이 쏟아져 나온다. 그 순간, 우리 차가 가벼워지는 듯싶더니, 공중으로 붕 떠올라 지중해 위를 날아가기 시작한다. 그러고는 카글리아리 타워가 말을 한다.

"목적지에 도착한 걸 아직도 모르시겠어요? 왼쪽 아래 바닷가로 뛰어내리세요!"

아침이다. 그리고 우리는 마침내 도착한다. 지칠 대로 지치고, 완전히 녹초가 되고 만 채로!

사실대로 말하자면, 세 아이와 인내심 많은 한 여인을 지키는 목동인 나는 지금 사르데냐에서 이 글을 쓰고 있다. 우리는 마침내 도착했고, 이곳은 정말 아름답다. 하지만 얼마 안 있으면, 우리는 살던 곳으로 돌아가야만 한다. 그리고 그 길을 또 어떻게 가야 하나, 벌써부터 걱정이다.

행복을 부르는 끈끈이 공

아이들이 행복해지려면 무엇이 필요한지, 이제 나는 안다. 아이들은 그놈의 징글맞은 빨간색 젤라틴 공을 원한다. 사연인즉, 이렇다.

우리 집 옆에는 조그마한 문구점이 하나 있다. 그곳에서는 문방구뿐만 아니라 온갖 군것질거리를 판다. 어느 날부터인가는 젤라틴 공도 팔기 시작했다. 값은 하나에 2유로다. 아이들은 그 공을 젤라틴 공 대신, '끈끈이 공'이라고 부른다. 그 공을 벽에다 던지면, 벽에 착 달라붙어 떨어지지 않기 때문이다. 끈적거리면서도 흐늘흐늘한 빨간색 점액질로 만든 그놈은 공처럼 둥근 덩어리인데, 벽에 착 달라붙었을 때 보면 그 모양이 꼭 쇠똥 같기만 하다.

어느 날 누군가가 안네에게 그 공을 하나 선물했다. 2유로를 주고 사서. (진작에 내가 그런 생각을 해서 그 공을 팔았더라면, 아마도 엄청난 부자가 되었을 텐데……. 어쨌거나 나는 그런 물건을 만들 생각을 해내는 사람들을 한번 직접 만나서 물어보고 싶다. 그들에게도 아이들이 있는지. 아니면 아이가 있는 부모들을 미워한 나머지, 우리 같은 부모들을 골탕 먹이려고 그런 물건을 만들어 파는 것인지 말이다.)

저녁나절, 내가 집에 들어서는 순간, 안네가 소리쳤다.

"아빠! 조심!!"

순간, 빨간색 덩이 하나가 날아와 철썩 하는 소리와 함께 내 윗도리에 달라붙었다. 그와 동시에 아이들이 환호하며 기뻐 날뛰는 소리가 집 안을 가득 메웠다.

다음날 아침, 그 끈끈이 공이 없어졌다. 감쪽같이 사라진 것이다. 나와 안체는 침대 밑을 기어 다니며 기웃거렸고, 양탄자를 들춰 보았으며, 서랍이란 서랍은 모두 열어 보았다. 심지어 화장실 변기 속까지 수색 작전을 펼쳤다. 하지만 나와 안체 사이에 선 안네는 결국 완전히 넋이 나간 얼굴로 엉엉 울기 시작했다.

그렇게 흐느끼면서도, 안네는 또박또박 말했다.

"난 오늘 유치원에 안 갈 거야! 아무것도 하고 싶지 않다고!"

끈끈이 공이 없는 삶이 가능한 것일까? 빨간색 끈끈이 공이

없어도 행복할 수 있을까? 내 대답은 분명 '아니올시다!'이다.

"안네, 2유로 줄 테니까, 가서 새걸로 하나 사. 그럼 되지?"

정상적인 경우라면, 나는 결코 그런 쓸데없는 물건에 2유로씩이나 투자하지는 않을 것이다. 정상적인 경우라면, 제 아빠를 닮아 수줍음이 많은 안네 또한 뭔가를 사러 혼자서 문구점으로 달려가지는 않을 것이다. 하지만 이번 경우는 달랐다. 비상 상황, 사느냐 죽느냐의 극한 상황이었다. 안네는 금세 행복이 철철 넘치는 얼굴로 쏜살같이 문구점으로 달려갔다.

5분이나 지났을까? 안네는 온 동네가 떠나가라 대성통곡을 하며 집으로 돌아왔다. 끈끈이 공이 다 팔리고 없었던 것이다. 오후나 되어야 다시 구할 수 있단다. 그렇다면, 이제 유치원에 가는 일은 다시금 없던 일이 된 것이다. 끈끈이 공도 없이 유치원에 가서 무엇을 한단 말인가? 다른 아이들은 모두 가지고 있는데, 안네만 갖고 있지 않다니! 말도 안 되는 소리! 세상없어도 안 될 말! 있을 수도 없고, 있어서도 안 되는 일!

그 뒤, 나는 출근을 해야 했다. 그래서 안체와 안네와 막스와 마리가 그날 하루를 어찌 살아남아 견뎠는지 알지 못한다. 하지만 나는 이제 분명하게 안다. 행복은 빨간색 젤라틴 공이라는 사실을.

저녁이 되어 현관문을 열고 집 안으로 들어서는데, 휘익! 끈

끈이 공이 나를 향해 날아왔다. 나는 엉겁결에 손으로 공을 붙잡
았다. 그리고 행복이 손가락에 들러붙는 순간, 문득 아주 근사한
느낌이 전해졌다.

21세기의 창세기

소파에 나란히 앉아, 안네가 들려주는 세상 이야기를 듣는 시간은 분명 가장 행복한 시간 중에 하나다. 그런 시간은 대부분 안네가 던지는 몇몇 질문에서 시작된다.

"아빠, 그런데 오늘이 왜 일요일이에요?"

"왜 매부리코를 가진 사람들이 있는 거죠?"

"영어를 만든 사람이 더 위대해요, 독일어를 만든 사람이 더 위대해요?"

한 가지 질문에도 답을 해줄 수 없고, 심지어 질문의 의도조차 이해하지 못하는 나는 한없이 작아지고 바브 같고 무능한 모습으로 자리에 앉아 말을 꺼낸다.

"안네, 차라리 네 생각을 아빠한테 말해 줄래?"

안네가 말한다.

"좋아요, 먼저 사람이 어떻게 만들어졌는지 말해 줄게요."

나는 깜짝 놀라 생각한다.

'세상에! 여섯 살밖에 안 된 안네가 어떻게 그런 걸 다 알고 있을까?'

안네가 말하기 시작한다.

"먼저 머리가 만들어져요. 찰흙으로 말예요. 머리카락하고 뼈는 그런 다음에 붙여지지요. 그 위에다 또 살을 갖다 붙이고요. 참, 머리 꼭대기에다가는 머리카락이 자라 나올 수 있게끔 구멍을 내야 해요. 그런 다음에는 이제 입술을 만들 차례예요. 입술은 빨갛게 색칠하신대요, 하느님이요. 또 이도 갖다 꽂은 다음, 이번에는 하얗게 색칠을 하고요. 눈을 어떻게 만드는지는 나도 몰라요. 어쨌든 눈을 칠할 땐 특히 조심해야 한다는 건 분명해요. 눈동자가 망가지지 않도록 말예요. 반짝이는 눈동자에는 세상 모든 것이 다 비춰져야 하거든요. 그리고 나면 다른 나머지 부분들도 똑같은 방법으로 만들어져요. 찰흙으로 빚고, 그 위에다 살을 붙이는 순서에 따라서요. 물론 사람을 만들기 전에는 하느님이 하느님을 만드셨지요. 하느님은 세상 모든 것을 만드셨거든요. 하느님 자신도요."

그런 사실을 전혀 몰랐던 나는 안네의 이야기를 듣고는 깜짝 놀랄 만큼 똑똑해질 수밖에 없다. 잠시 후, 나는 그 보답으로 안네에게 『타카투카 나라의 말괄량이 삐삐』를 읽어 준다. 이야기 중간에, 아프리카의 왕인 말괄량이 삐삐의 아버지 에프라임 1세가 등장한다. 그러자 안네가 득달같이 묻는다.

"아빠! 아빠는 근데 왜 아프리카의 왕이 아니에요?"

"이런 제기랄!"

나는 여전히 아무것도 모르는 바보인가 보다.

카리에스와 박테리아

몇 년 전, 이야기 카세트 하나를 선물받은 적이 있다. 옌스라는 이름의 사내아이가 이를 제대로 닦지 않았고, 그래서 옌스의 이에는 카리에스와 박테리아라는 두 골칫덩이가 구멍을 뚫고 들어앉았으며, 결국 옌스는 엄청난 치통에 시달리고 말았다는 그저 그런 이야기였다. 그런데도 아이들은 그 이야기를 상당히 재미있어 했고, 덩달아 나도 아마 수백 번쯤은 그 얘기를 들어야만 했다. 이제 우리 가족에게는 그 테이프가 더는 필요하지 않다. 이미 그 내용을 글자 한 자 틀리지 않게 다 외우기 때문이다.

어쨌거나 나와 안체는 그 후로 그 사랑스런 선물을 교육학적으로 이용했고, 아이들은 우리가 지켜보는 가운데 이를 닦게 되었

다. 아이들이 치약을 세면대에 뱉을 때면, 곁에서 지켜보던 나나 안체가 아주 자신만만한 목소리로 소리쳤다.

"봐봐! 여기 박테리아가 있잖아! 조금만 더 닦아. 그러면 카리에스도 아마 못 견디고 도망 나올 거야!"

그런 일은 벌써 몇 년 동안 계속되었고, 어느새 우리 가족의 일상이 되었다. 그러다 보니 가끔은 아이들이 양치질을 하는 사이에 욕실을 벗어나는 경우도 생겼다. 그럴 때면 막스와 안네는 영락없이 큰 소리로 호들갑을 떨어댄다.

"여기 이게 뭐예요?"

그 소리가 들리면 나와 안체는 번개라도 맞은 듯이 욕실로 달려가 대답한다.

"카리에스네. 하지만 아직 반밖에 안 나온 것 같다. 그러니까 좀 더 양치질을 해!"

그것도 잠시뿐, 가끔은 나나 안체가 아이들이 양치질을 하고 있는 욕실에 아예 무관심한 경우도 있다. 그럴 때면, 막스는 숫제 아래층을 향해 고래고래 소리를 질러댄다. 그러면 나는 거실에 앉은 채 이층을 향해 큰 소리로 이렇게 저렇게 대꾸한다.

"반쯤 나왔나 보다."

"4분의 3쯤 나왔나 봐."

또는 아주 기분이 좋은 날 같으면 인심 한번 쓴다.

"그래, 잘했다. 이제 다 나왔다!"

어쨌거나 아이들은 엄마 아빠가 보지 않고도 알아맞히는 능력을 가지고 있다고 믿는가 보다. 아니면 엄마 아빠의 대답을 들어야 직성이 풀리거나……. 그렇게 해서 아이들은 오늘도 여전히 아침 7시에 묻고, 저녁 7시에 묻는다.

"여기 이게 뭐예요?"

이제는 어떻게 해야 하나? 카리에스나 박테리아는 눈에 보이지 않는다는 사실을 설명해 주어야 하나? 아이들 눈에 보이지 않듯이, 엄마 아빠도 뱉어 낸 치약만 보고는 전혀 알 수 없다는 사실을 말이다. 하지만 그럴 수는 없다. 만일 그랬다가는, 아이들은 이제 엄마 아빠가 하는 다른 얘기들도 더는 믿지 않을 테니까…….

그래서 나는 오늘도 여전히 소리쳐 대답하곤 한다. 정원에서건, 부엌에서건, 침대에서건.

"그래, 이제 반쯤 나왔나 보다!"

그러면서 생각한다.

'그냥 내버려 두지 뭐. 어차피 부모 노릇을 하다 보면 선의의 거짓말도 하게 마련이잖아! 또 조금 귀찮긴 해도, 하루에 두 번쯤 대답해 주는 게 뭐 그리 다수겠어?!'

그렇게 해서 양치질과 관련된 하루 두 차례의 행사는 영원토

록 계속된다. 때가 되면 나는 어느 양로원의 흔들의자에 앉아 쉬고 있을 테고, 그때도 내 방의 전화벨은 하루 두 차례씩 꼬박꼬박 울릴 것이다. 그때쯤이면 나는 가는귀가 먹을 테고, 대서양 건너 미국의 조지아에서 콜라 회사 매니저로 일하고 있을지도 모를 막스란 놈은 전화기에 대고 소리소리 지를 것이다.

"여기 이게 뭐예요?"

그럼 나도 전화기에 대고 고래고래 맞고함을 치겠지.

"그래, 반쯤 나왔나 보다. 조금만 더 하거라!"

어느 독자의 편지

　　우리 집 정원에는 죽은-죽은-죽은 고릴라 한 마리가 누워
있다. 라일락 덤불 아래, 시커멓고 끔찍한 모습으로 누워 있다. 그
리고 내 앞에는 M시에 사는 K부인이 보내온 편지가 놓여 있다.
그 부인이 하는 말, 내가 아이들과 친구가 되려는 이해심 많은 아
빠인 줄은 잘 알겠는데, 그래도 때론 원리 원칙에 따라 아이들을
엄하게 키울 필요가 있단다.

　　바람을 불어넣는 풍선 고릴라는 어느 날 내가 내 손으로 집에
가져온 것이다. 고릴라가 처음 집에 오던 날, 그 모습은 크고도 까
맸다. 덩치는 여섯 살 된 안네보다도 컸고, 까맣기로는 축구장에
서 뒹굴다 막 돌아오는 막스보다도 더 새까맣고-새까맣고-새까맸

다. 그랬던 고릴라가 지금은 저 아래 정원에 누워 있고, 나는 그런 고릴라를 창문 너머로 바라다본다.

"존경하는 K부인! 나는 가족과 함께 살고 있습니다. 우리 가족에게는 아무런 제약도 없답니다. 누구나 원하는 것을 할 수 있지요. 어른들은 아이들 같고, 아이들은 마치 어른 같습니다. 어른들은 꼭 끼는 노란색 땀복을 입고 우스꽝스런 모습으로 자전거를 탑니다. 아이들은 끝도 없이 텔레비전을 보며, 텔레비전 광고를 통해 엄마 아빠의 지갑을 홀쭉하게 만들 궁리만 하고 있습니다. 그런 아이들에게 이제는 뭔가 제재를 가해야단 한다, 뭐 그런 말씀이시죠!?"

정원 한가운데 죽어 누워 있는 고릴라 한 마리! 분명 어느 집에서나 볼 수 있는 흔한 광경은 아니다. 아이들은 신이 나서 커다란 고릴라를 데리고 놀았다. 수영장에도 같이 가고, 친구네 집에도 데리고 가고, 어디를 가나 함께 다녔다. 하지만 며칠 지나지 않아 마리가 이 킹콩을 가슴에 안은 채 장미나무 곁을 지나갔고, 그 뒤로 어딘가에 작은 구멍이 나서는 바람이 슬솔 빠져나가기 시작했다.

"K부인! 사실은, 우리도 아이들을 텔레비전에서 떼어 놓으려고 합니다. 아이들이 텔레비전을 봐서는 안 된다고 믿기 때문에요. 사탕 같은 것도 주지 않지요. 아이들을 건강하게 키우고 싶기 때문입니다. 버릇이 나빠지는 것 같아, 가능하면 장난감 같은 것도 사주지 않습니다. 하지만 우리 아이들에게도 친구가 있답니다. 그런데 그 친구들은 보고 싶을 때면 언제나 텔레비전을 볼 수 있고, 원하면 원하는 만큼 사탕을 먹을 수 있으며, 또 그 아이들 방 안에는 장난감이 산처럼 가득 쌓여 있습니다. 투정을 부리는 게 아닙니다. 다만, 자신을 바보로 만들지 않는 게 얼마나 힘들고 어려운 일인지를 말하고 싶을 뿐입니다."

아! 우리 집 정원에는 죽은-죽은-죽은 고릴라 한 마리가 누워 있다. 아마도 그 구멍을 손질해야만 하겠지만, 어디에 구멍이 났는지도 아직 알지 못한다. 더구나 그러기엔 나는 너무나 게으르다. 지금 이대로가 그냥 좋고 편하기만 하다.

"좋은 아빠라면 얼른 그 구멍을 찾아 때워 줘야만 한다고요, K부인? K부이이이인! 당신의 편지가 나를 불편하게 합니다. '당황해서 도대체 어떻게 할 줄을 모르는 아빠들, 아빠의 권위하고는 애당초 담을 쌓은 아빠들, 이것이야말로 아이들이 그토록 원하는

아빠의 모습 아닙니까?' 하고 당신은 말씀하십니다. 당신은 아마도 나를 한낱 겁쟁이로 생각하시는 것 같습니다. 사실 우리 아이들이 나를 권위로 똘똘 뭉친 고집불통으로 생각할까 봐 두렵기도 합니다. 오늘만 해도 거의 윽박지르다시피 아이들에게 양치질을 강요했거든요. 입씨름을 하지 않고는 아이들은 도무지 아무것도 하려고 하질 않습니다. 그래서 이것저것 원칙을 갖다 붙이지요. 그렇지만 아이들은 그마저도 순순히 받아들이질 않습니다. 하지만 그런 게 원래 아이들 모습 아닐까요? 조금은, 아니 사실은 아주 많이 힘들긴 하지만 말입니다."

큰대 자로 누운 채, 서서히 바람이 새어 나가는 풍선 고릴라만큼 우스꽝스런 모습도 찾아보기 힘들다. 그래도 한때는 아이들의 가장 친한 놀이 동무였는데! 이틀 전만 해도 하늘을 향해 팔다리를 버둥거리던 고릴라가, 지금은 납작하니 풀이 죽어 누워 있다. 시커멓고 퉁퉁하던 배는 쭈글쭈글 주름이 가득하니 축 늘어져 있다. 그 넓던 이마도 점점 더 납작해져만 간다.

"한 말씀만 더 드리겠습니다, K부인! 당신의 편지는 다른 편지들과 함께 서랍 속에 들어 있습니다. 예를 들면 S시에 사는 K씨나 M시에 사는 M씨가 보내온 편지들과 함께 말입니다. 그런데

이 두 분은 이제까지 제가 쓴 글들이 우리 집 이야기가 아니라, 그 분들 가족 이야기라고 저마다 주장하십니다. M씨 같은 분은 심지어 제가 마법의 투명 망토를 뒤집어쓰고는 자기네 집을 훔쳐본 것 아니냐고 의심하기까지 합니다. 또 P시에 사는 F씨는, 제 글을 읽다 보면 '다른 집에서도 거의 똑같은 일이 벌어진다니, 우리 집 아이들도 생각했던 것만큼 구제불능은 아니라는 심리적 안정을 얻게 됩니다.' 라고 말씀하십니다.

그것 보세요, K부인! 저만 그런 게 아닙니다. 저 같은 아빠가 또 있단 말입니다. 그것도 하나둘이 아니라고요! 우리들은 어쩔 줄 몰라 허둥댑니다. 그렇지만 아무것도 모르는 것은 결코 아닙니다. 단지 완벽한 교육 방법을 알지 못할 뿐입니다. 하지만 오늘날 그 어느 아빠가 그런 완벽한 교육 방법을 안단 말입니까? 예전에는, 아이들을 올바르게 키우는 방법을 부모들이 제대로 알고 있었다고들 하지요. 그런데 사실 저는, 그 방식이 말 그대로 '올바른' 방식이었는지 자꾸만 의심이 갑니다. 나 같은 아빠들이 권위적인 모습과 거리가 먼 것은 분명한 사실이지만, 그렇다고 우리들이 권위에 바탕을 둔 교육 방식을 부정하는 것은 아닙니다. 어쩌다 보니 그렇게 되었을 뿐입니다. 때때로 우리가 모든 걸 망치는 건 아닌가 의심하기도 합니다. 그렇지만, 결코 감상에 젖어들려는 건 아닙니다만, 우리는 시도 때도 없이 밀려오는 폭풍우와 파도를,

우리 아이들을 진심으로 사랑합니다. 물론 가끔은 그렇지 못할 때도 있지만 말입니다.

K부인! 당황해서 어쩔 줄 몰라 하는 이 세상 아빠들을 대신해 당신께 인사드립니다. 또한 자기들이 말썽꾸러기 아이들과 씨름하는 동안, 사무실에 나가 아빠라는 이름과는 아무 상관없는 일들을 하며 한껏 으스대는 우리 아빠들을 삐딱한 눈으로 쳐다보는 이 세상 모든 엄마들을 대신해 당신께 인사드립니다. 힘들고 지친 이 세상 모든 엄마 아빠들을 대신해 당신께 인사드립니다.

K부인! 이제, 이 글을 마무리해야겠습니다. 그러고는, 아무래도 저놈의 고릴라를 고쳐 봐야 할 듯싶습니다."

눈물 젖은 빵

요즘 내가 왜 아침마다 맛있는 빵을 사러 가지 않게 되었는지 이야기해야겠다.

하루는 아침 일찍 일어나, 갓 구운 아침 빵을 사러 가기로 마음먹었다. 나는 즐거운 마음으로 현관문 앞에 서서 집 안에다 대고 소리쳤다.

"빵 사러 갈 건데, 같이 갈 사람?"

대답하는 사람이 아무도 없었다.

"막스! 같이 안 갈래?"

한 번 더 물었지만, 막스는 냉정하게 거절했다. 나는 몇 분이

나마 혼자서 마음 편히 맑은 아침 공기를 즐길 수 있게 되었다는 생각에 더욱 마음이 들떴다. 현관문을 열고 막 집 안을 벗어나려는 순간, 안네의 목소리가 나를 붙잡았다.

"아빠! 나랑 같이 가요. 구두 신고 가게, 잠깐만 기다려요."

"안네, 지금은 가죽 구두 신으면 안 돼! 밤새 비가 내렸거든. 지금도 조금씩 오고 있고. 그러니 장화를 신거라."

"난 장화 신기 싫은데."

"그러면 차라리 집에 있든지……."

"싫어요! 같이 갈래요."

"그래, 알았어. 하지만 구두 신고는 안 돼. 비에 젖으면 금방 망가진단 말야."

안네는 금세 토라져서 엉엉 울기 시작했다. 그러는 사이, 이번에는 막스가 문 앞에 나타나서 말했다.

"나도 같이 갈래요, 아빠."

"그래, 그러면 너도 얼른 장화를 신도록 해라."

"네! 그런데 내 장화가 어디 있어요?"

나는 다시 한번 집 안에다 대고 소리쳤다.

"여보오! 막스 장화 어디 있어?"

안체가 대답했다.

"지하실에요!"

“막스, 지하실에 가서 얼른 네 장화 갖고 올래?”

막스는 곧바로 지하실로 달려갔다. 이번에는 안체가 마리를 안고 나타나서 내게 물었다.

“마리도 데려가면 안 될까요?”

“그러지 뭐.”

나는 그렇게 대답하며, 마리에게 장화를 신겨 주기 위해 계단에 쭈그리고 앉았다. 그러자 지하실에서 소리치는 막스의 목소리가 들려왔다.

“아빠! 내 장화가 안 보여요!”

“그래? 잠깐만 기다려라. 아빠가 네 방에서 한번 찾아보마.”

나는 그렇게 소리쳐 대답하고는, 안고 있던 마리를 잠시 내려놓았다. 그러자 마리가 울기 시작했다. 내가 저를 떼어 놓고 빵을 사러 간다고 생각했기 때문이다. 그 와중에도 안네는 여전히 엉엉 울었다. 막스의 장화는 이층 아이들 방에도 없었다. 나는 울고 있는 안네에게 슬며시 물었다.

“안네, 막스한테 잠시 네 장화를 빌려 주면 안 될까? 어차피 너는 장화를 안 신을 거고, 그냥 집에서 울고 있을 거잖아?”

그 말이 떨어지기가 무섭게 안네가 두 발을 후닥닥 장화 속에다 밀어 넣더니, 쪼르륵 문밖으로 달려 나갔다. 막스가 고래고래 소리를 질러댔다.

“내 장화 어디 있어요? 빨리 찾아 줘요!”

나는 칭얼거리는 마리를 달래고는 마저 신발을 신겼다. 안네가 갑자기 문틈으로 얼굴을 들이밀더니 말했다.

“막스 장화는 문밖에 있어요!”

이번에는 내 입에서 저절로 고함이 터져 나왔다.

“막스! 내가 수도 없이 말했지!? 신발을 문밖에다 벗어 놓으면 안 된다고! 이런! 신발이 다 젖었잖아!”

그렇게 말하는 사이, 막스는 벌써 자기 장화를 신고 있었다.

“막스! 안 돼! 신지 마!”

하지만 막스의 오른발은 이미 장화 속으로 들어간 뒤였다. 나는 얼른 마리를 바닥에 내려놓고는, 막스의 발에서 장화를 벗겨 냈다. 막스의 장화 안에는 밤새 내린 빗물이 하나 가득 고여 있었고, 그래서 막스의 양말 한쪽은 흠뻑 젖고 말았다.

마리가 또다시 온 동네가 떠나가라 울기 시작했다. 내가 저를 떼 놓고 빵을 사러 갈 것이라고 생각했기 때문이다. 막스도 장화를 신겠다며 징징 짜기 시작했다. 그런 와중에 안네가 물었다.

“우리 빵 사러 언제 가요?”

나는 마리에게 남은 신발 한쪽을 마저 신기며, 막스에게 말했다.

“막스! 넌 그냥 집에 있어라. 우리 금방 갔다 올게.”

그 순간, 막스의 고함 소리가 온 집 안을 가득 메웠다.

"싫어요! 나도 갈래요!"

등줄기에 식은땀이 흐르면서, 갑자기 허기가 느껴졌다. 나는 소리 내어 울부짖었다.

"나 혼자 갔다 오마. 모두들 그냥 집에 있거라!"

곧바로 세 아이의 귀청을 찢을 것만 같은 합창이 이어졌다. 어차피 내 뜻대로 될 리는 만무했다. 나는 타협안을 제시했다.

"막스! 그러면 차라리 운동화를 신거라. 하지만 운동화를 신고 물웅덩이에 들어가면 절대 안 된다! 참, 먼저 젖은 양말부터 갈아 신고 오고!"

"치! 그럼 또 이층에 올라갔다 와야 하잖아요!"

어느새 마리도 안네가 열어 놓은 문밖으로 빠져나가 있었다. 활짝 열린 현관문 앞에는 이웃집 사람들이 모여 귀를 기울인 채, 사태의 추이를 지켜보고 있었다. 막스도 마침내 운동화를 신고는 문밖으로 달려 나갔다.

안네가 볼멘소리로 투덜거렸다.

"치! 누구는 운동화를 신어도 되고, 나는 구두를 신으면 안 되고……."

이웃사람들은 뭔가 잔뜩 기대하는 눈빛으로 나를 자세히 살폈다. 마리는 벌써 커다란 물웅덩이에 엎어져 물에 빠진 생쥐 꼴을 하고 있었다. 막스는 그런 여동생을 도와준답시고 운동화를 신은 채로 물웅덩이로 풀쩍 뛰어들었다. 나는 얼른 마리를 팔에 안았다. 그리고 그 순간 내 윗도리는 진흙투성이가 되었다.

몰려든 사람들을 지나, 그렇게 우리 네 식구는 길을 떠났다. 배고프고, 더럽고, 지치고, 얼빠진 모습으로, 빵을 사러. 그리고 우리는 마침내 갓 구운 신선한 빵을 사왔다. 몇 년 전 오늘, 마지막으로…….

지네딘 자단

나는 종종, 내가 그 유명한 축구 선수 '지네딘 지단'이었으면
하고 꿈꿀 때가 있다. 아니면 기중기 운전사거나……. 적어도 내
가 하는 일이 신문 기자가 아니라, 어린아이들이 쉽게 무엇인가를
떠올릴 수 있는 직업이기를 말이다.

얼마 전에 유치원에서 아이들에게 '일하시는 우리 아빠'라는
제목으로 그림을 그리게 했는가 보다. 막스는 책상 앞에 앉아 열
심히 그림을 그렸고, 그런 막스에게 유치원 선생님이 무슨 그림이
냐고 묻자, 막스가 대답했단다.

"우리 아빠는 회전의자에 앉아 신문을 접어요."

아! 내가 유명한 스포츠 스타였다면……. 새 옷을 사줘도, 막

스는 그게 100퍼센트 운동복이라고 말해 줘야 비로소 그 옷을 입는다. 그러고는 틈만 나면 텔레비전에서 '지네딘 자단'을 확인하려고 한다. 하지만 우리 집에서는 아이들끼리만 텔레비전 보는 것이 금지되어 있다.

아이들보다는 조금 더 많이 안다고 자부하는 내가 막스에게 말한다.

"막스, 그 사람 이름은 '자단'이 아니라 '지단'이란다."

"아, 그렇구나! 그럼, 이제 그 사람을 텔레비전에서 봐도 되나요?"

취미 삼아 나는 하키를 즐긴다. 아이스하키는 아니고, 필드하키를. 물론 돈은 안 되는 종목이다. 막스에게도 필드하키를 배우라고 해야 하는 건지는 사실 잘 모르겠다. 막스가 축구를 한다면, 어쩌면 내가 죽는 날까지 일을 하지 않아도 될지 모르는데……. 자기 아빠가 얼마나 멋진 사나이인지를 알려 주기 위해, 나는 시합이 있는 날 종종 막스를 데리고 간다.

지난 일요일, 시합에 나서는 나를 향해 막스가 다짐을 받았다.

"아빠, 약속해요! 찬스가 오면 꼭 골을 넣어야 해요!"

"물론이지, 막스! 아빠가 꼭 골을 넣을게."

우리 팀은 그날, 2 대 2로 비겼다. 솔직히 고백하자면, 미드필

더인 내게 그날 두 번의 골 찬스가 찾아왔다. 하지만 나는 두 차례의 황금 같은 기회를 그만 모두 날려 버리고 말았다. 그 중에 한 번은 심지어 텅 빈 골대 앞에서 골키퍼와 일대일로 맞선 상황이었는데 말이다. 정말이지 운이 없는 날이었다. 가뜩이나 풀이 죽어 있는 내게 우리 팀 주장이 다가와서 물었다.

"그나저나 아들놈에게는 뭐라고 변명할 거요?"

막스가 다가와서 묻는다.

"아빠! 아빠도 한 골 넣은 거예요?"

"아니, 그러니까 말이다, 그게…… 아빠가…… 어쨌든 우리 팀이 1점을 얻었단다. 자, 가자! 아빠가 아이스크림 사줄게!"

그러고 난 월요일 아침, 나는 또 신문을 접으러 갔다.

돈 일곱 개

일요일 아침 6시, 어리지만 진지한 표정을 한 사내 하나가 내 방에 들어선다. 그는 침대맡의 탁자로 다가와서는, 그곳에 놓인 동전을 세기 시작한다. (나는 평소 동전을 바지 주머니 속에 넣고 다니다, 잘 때면 꺼내서 그곳에다 올려놓는 버릇이 있다.) 속삭이듯 숫자를 세던 사내가 곧바로 소리 내어 말한다.

"아빠, 돈 여덟 개 있다!"

"으으응!"

거의 신음 소리를 내며, 나는 베개에다 머리를 파묻는다.

"아빠, 돈 여덟 개가 돈 일곱 개보다 많은 거죠?"

"어흐흥!"

어리지만 희한하리만치 진지한 이 사내는 대체 누구란 말인가?

"아빠, 돈 아홉 개가 돈 여섯 개보다 많은 거죠?"

"끄으응!"

누군가가 1센트짜리 동전 일곱 개와 1유로짜리 동전 한 개를 보여 주며 어느 한쪽을 고르라고 하면, 이 아이는 분명 7센트 쪽을 선택할 것이다. 그게 많다고 알고 있는 놈이니까.

"그런데 아빠는 왜 이렇게 돈이 많아요?"

그것들은 단지 동전 몇 개에 불과하지만, 이 아이에게는 그 돈의 가치가 아니라 오로지 개수만이 중요할 뿐이다. 앞으로는 회사에다 내 월급을 동전으로 지급해 달라고 부탁해야 할까 보다.

"아빠, 근데 오늘이 무슨 요일이에요?"

오! 나의 베개, 베개들이여! 그 누구도 나를 내 사랑 베개들과 떼어 놓을 수는 없다. 여덟 개의 베개는 일곱 개의 베개보다 많다!

"아빠! 오늘이 일요일이에요?"

"오늘이 일요일이라고?"

나는 되묻는다.

"아빠, 오늘도 가게들이 문을 여나요?"

애당초, 누가 가게들이 문을 닫는 일요일 날 아이들에게 일주일치 용돈을 주자는 아이디어를 내놓았던가? 아이들이 받은 용돈

을 단박에 써 버리지 못하게 하겠다는 단 한 가지 이유를 내세우며 말이다! 그게 도대체 누구였던가, 누구?!!

"아빠, 내 용돈 가져가도 돼요?"

6시 10분. 일요일은 이 사내에게 가장 중요한 날이다.

어느 토요일 날, 사내의 아빠가 앞으로는 매주 일요일에 일주일치 용돈을 주겠다고 말했다. 그때, 이 사내의 친구인 빌리가 문을 열고 들어서며 물었다.

"내일 만나서 함께 놀래?"

그러자 이 사내는 대답했다.

"내일은 안 돼! 용돈 받는 날이란 말야."

"아빠, 안네 누나 것도 함께 가져가도 돼요?"

"오호옹!"

"그러면 내 걸로는 50센트짜리 두 개 가져가고, 누나 걸로는 1유로짜리 하나 가져갈게요."

(어! 이 아이도 어느새 돈의 가치를 알고 있었게!)

어리지만 진지한 표정의 사내는 방에서 물러간다. 그리고 나는 내 사랑 베개를 찾아 침대 위를 마구 헤맨다.

때로는 아무것도 소용없을 때가 있다. 때로는 일요일 아침의 휴식을 돈을 주고 사야만 할 때가 있다. 자기 아이들을 돈으로 매수해야만 하다니! 젠장, 하지만 그게 또한 엄연한 현실이다.

그런데, 내 침대 옆에서 아주아주 실망한 채 엉엉 울고 있는 이 어린 아가씨는 또 누구신가? 뭐라고? 왜 그래? 6시 15분이다.

"아빠, 막스는 돈이 두 개예요! 난 한 개뿐인데. 억울해요, 말도 안 된단 말이에요!"

말도 안 된다고?! 이제 6시 16분. 이건 말도 안 된다. 아침의 평화는 돈으로 살 수 있는 것이 아니다. 평화는……. 그런데 평화가 뭐지?

일요일이다. 어린 사내는 다시금 진지해지고, 어린 아가씨는 다시금 절망에 빠져 있다. 그리고 나는? 아, 내 사랑 베개여!

아름다운 날들

　내가 알기로는 아이를 갖지 않으려는 사람들도 있다. 내 생각에, 그들은 주말이면 실컷 잠을 잔다. 그리고 낮에는 산악자전거를 자동차에 싣고 산으로 들로 외로운 하이킹을 떠난다. 경제적으로 여유가 있는 그들은 멋스러운 집에서 낭만을 즐기며 산다. 자기한테 말고는 달리 돈 쓸 데가 없기 때문이다. 그래서 마음만 먹으면 아르마니 명품 양복을 몇 벌씩 걸치고, 또 잘게 부순 개미알 요리를 음미할 수도 있다. 날이 어두워지면, 그들은 절로 새 나오는 한숨을 감추기 위해 음악을 소리 높여 튼다.

　아이고, 죄송! 그저 제 생각이 그렇다는 겁니다.

　때때로 그들이 부럽다는 생각이 들 때도 있지만, 그런 생각은 금세 사라지고 만다. 그들에게는 마리가 없기 때문이다. 마리! 맛있게 밥을 먹다가는, 갸우뚱한 얼굴을 느닷없이 엄마 아빠에게 들이밀며, 마리는 해맑은 목소리로 속삭이듯 묻는다.

"엄마빠! 마시쩌?"

그들에게는 또한 수영장에서 같이 물장난을 칠 막스도 없고, 또 그들에게는 이제 더 이상 입학식도 없기 때문이다.

얼마 전에 안네가 초등학교에 들어갔는데, 입학식이 있던 그 날을 나는 결코 잊지 못할 것이다.

무대 앞에는 학부모와 선생님들이 자리하고 있었고, 무대 위에는 여자 선생님 한 분이 서 계셨다. 그분은 신입생들의 이름을 한 명씩 차례로 불렀다. 그러면 자기 이름을 부르는 소리를 들은 아이는 무대 위로 걸어 나가 선생님께 인사를 하고, 또 해바라기 꽃을 입학 선물로 받아 들었다. 신입생 인사가 끝나자 선생님은 아이들에게 짧은 이야기를 하나 들려주었고, 그 뒤 모두가 함께 교실로 들어갔다.

안네의 이름이 불리기까지, 강당에 앉아 기다리던 안체와 내가 무슨 생각을 했는지 아십니까? 우리 두 사람은 생각했습니다.

'안네는 이 많은 사람들 앞을 절대로 혼자서는 걸어 나가지 못할 거야. 안네는 혼자서는 절대로 무대 위로 올라가지 못할 거야. 안네는 혼자서는 절대로 선생님한테 인사하지 못할 거야. 절

대로!'

(내가 이야기했지요? 안네는 아빠를 닮아 수줍음이 많다고 말입니다. 고집은 또 얼마나 센데요?!)

세상에!! 마침내 선생님이 이름을 불렀다.

"안네 하케!"

순간, 안네는 자리에서 벌떡 일어나 사람들 사이를 혼자서 걸어 나갔다. 그런 다음 혼자서 무대 위로 올라갔고, 혼자서 선생님께 인사를 했다. 걸어 나가는 중에 단 한 번 주위를 둘러보았을 뿐이다.

자리에 앉아 있던 나는 아랫입술이 마구 떨리는 것을 느꼈다. 하지만 나는 울지 않았다. 다만 그날 밤, 잠에서 깨어나 낮에 있었던 일을 생각하다 엉엉 울었을 뿐이다. 나는 울면서 생각했다.

'아이가 일어나서, 이렇게 혼자 우리 곁을 떠나가는구나. 반가운 일이지만, 왠지 서운하기도 하네.'

나는 또 생각했다.

'아이를 키운다는 건 결국 그 아이가 혼자 일어서서 독립하도록 이끄는 거겠지. 그렇다면 우리는 또 한 부분을 해낸 거야. 물론 대부분은 안체가 해낸 거지만, 나도 조금은 거들었다고!'

안네가 낮에 학교 친구들과 나누는 소리를 들었다며, 안체가 해준 이야기가 생각난다.

"아! 펠릭스, 오늘은 정말 멋진 하루였어! 내일도 분명 신나
는 하루일 거야!"
안녕! 나도 그래! 아빠도 그렇다고!

권위의 상실

아이들이 꿈나라에 든 저녁나절, 베이비 폰이 내는 나지막한 기계음을 배경으로 다른 부모들과 만나 이야기를 나누는 한때는 마음 편하고도 의미 있는 시간이다. 한자리에 모인 부모들은 입을 모아 교육과 고역을 이야기하고, 기저귀와 기적을 이야기하며, 커나가는 아이들이 선사하는 기쁨과 신비로움을 이야기한다. 지난번 모임에서는 루이제가 신이 나서 말문을 열었다.

"지난 주말은 정말이지 꿈만 같았어요. 아침에 남편이 아이들을 맡아 줘서, 원 없이 잠을 잘 수 있었거든요!"

그러자 클라우디아가 대뜸 묻고 나섰다.

"그런데 아이들이 밤중에 깨어나서 젖을 달라거나 기저귀를

갈아 달라고 칭얼대면, 왜 만날 여자들이 먼저 일어나야 하는 거
죠? 남자들은 세상몰라라 자는데 말예요."

안체가 대답했다.

"그게 부부 생활에 관한 헌법 제1조 제1항 아니겠어요?"

"근데 왜 꼭 그래야만 하냐고요?"

클라우디아가 다시 물었다.

"남자들이 원래 좀 굼뜨잖아요."

내가 건성으로 한마디 툭 던졌다. 말하는 나부터 내 말이 미

덥지 않았기 때문이다. 아니나 다를까, 정곡을 찌르는 안체의 한 마디가 이어졌다.

"말도 안 되는 소리! 결국은 여자들이 먼저 일어날 거라는 사실을 남자들이 알고 있기 때문이겠지!"

그때, 루이제의 어린 딸이 문을 활짝 열고 들어서며 소리쳤다.

"엄마! 제가 말했잖아요! 제가 좋아하는 블라우스 침대맡에다 놓아 달라고요! 그래야 내일 아침에 일어나자마자 바로 입을 수 있단 말예요. 제 말 알아들으셨어요?"

그래, 요즘에는 아이들이 부모들보다도 훨씬 더 권위적이고 성숙하고 어른스럽다. 한번은 안네와 한바탕 달싸움을 벌인 뒤에, 안체가 못내 서운하고도 허탈한 마음에 이렇게 말했단다.

"안네, 너 정말 그럴 거야?"

그러자 안네가 대답했단다.

"엄만 대체 뭘 원하시는 건데요? 아이들이란 게 원래 그렇잖아요!"

그날 모임에서 나는 막스와 있었던 이야기를 털어놓았다. 안체와 테라스에 앉아 오붓하니 커피를 마시는데, 막스란 놈이 우리 쪽에다 대고 조그만 돌멩이를 던져댔다. 나는 막스에게 대뜸 소리쳤다.

"막스! 그만두지 못해?!"

그러자 안네가 마치 우리 들으라는 듯 제 동생 귀에다 대고는
큰 소리로 말했다.

"계속해, 막스!"

화가 목구멍까지 치솟은 내가 벼락같이 소리를 질렀다. 하지만 내 고함이 채 끝나기도 전에 안네가 막스에게 또 말했다.

"괜찮아, 막스. 신경 쓸 것 없어! 우린 저리 가서 놀자."

나는 이 이야기를 아주 친한 사람에게만 들려준다. 이야기를 들은 사람이, 우리 집 아이들이 제 아빠를 그저 웃기는 사람으로 알고 있다고 생각하면 곤란하기 때문이다.

떠음매

이탈리아의 움브리안 마을, 높은 산 아래 숲 속에 '떠음매'
라는 이름을 가진 송아지 한 마리가 살고 있다. 어느 날 이 떠음매
는……. 아 참! 무슨 일이 있었는지부터 얘기해야지.

지난번 휴가 때, 우리 가족은 페루자 가까이에 있는 어느 한
적한 농장을 찾았다. 본래 이름은 에버하르트지만, 안네가 한사코
레버하르트 아저씨라고 부르던 농장 주인이 농장 뒤편에 지은 방
갈로에 머물면서, 우리 가족은 2주 동안 그곳의 온갖 동물과 식물
을 지켜볼 수 있었다.
아침 6시가 되면 수탉 한 마리가 어김없이 '꼬끼오!' 울어댔

고, 그러면 아침 6시부터 저녁 8시까지 나와 안체는 올리브 나무 아래 그네에 올라앉아 "떠미어!" 하고 소리치는 마리를 밀어 주느라 바쁜 하루를 보내야 했다. "떠미어!"란 "또 밀어 줘!"라는 말이다.

"빵은 빵 나무에서 자라는 거 맞죠?"

막스가 묻는다. 그래서 나는 아메리카에서 자라는 커다란 토스트 나무 이야기를 해 주고, 언제고 그 나무를 우리 집 정원에 가져다 심겠다고 약속했다.

"그런데 아메리카에 가려면, 헤엄쳐서 가야 하는 거 맞죠?"

막스가 또 묻는다. 그래서 나는 아빠도 벌써 몇 번이나 헤엄쳐서 아메리카에 갔다 왔으며, 혹시 중간에 지쳐서 더는 수영을 못하게 되었다면 아마도 커다란 날치 한 마리가 나를 그리로 태워다 주었을 거라고 설명했다.

"정말로 꼭 헤엄을 쳐야만 갈 수 있는 건가요? 다른 방법은 없나요?"

세상에서 가장 알고 싶은 게 많은 막스가 묻는다. 이번에는 안네가 나서서 대답한다.

"응, 없어!"

그러다가 문득 바다의 무법자 범고래를 떠올린 안네가 으스스 몸을 떨며 무섭다는 표정을 짓는다. 그래서 나는 말한다.

"맞아! 범고래가 있지! 내가 그걸 깜빡했네!"

안네가 한마디 또 거든다.

"괜찮아요. 착한 범고래도 있잖아요. 우리 집에 있는 금붕어처럼 말예요."

"떠미어!"

마리가 소리친다. 그래서 나는 마리의 등을 힘차게 밀었고, 마리는 달님에게까지 올라간다. 토끼를 기다리던 달님은 깜짝 놀라 마리를 쳐다본다. 달나라에서 다시 내려온 마리가 이번에는 "떠꼬꼬아!" 하고 소리친다. 나와 안체는 얼른 코코아 한 잔을 갖다 바치고, 코코아에 들어가는 우유가 어디서 나오는지 보여 주기 위해 아이들과 함께 젖소들이 있는 외양간을 찾는다.

오! 세상에! 엄마 소 곁에는 갓 태어난 송아지 한 마리가 누워 있었다. 그 순간, 마리가 소리쳤다.

"떠음매!"

그렇게 해서 그 송아지는 세상에서 가장 예쁜 이름을 얻었다.

그래, 이 다음에 마리가 크고 떠음매 송아지가 크면, 우리는 다시 움브리안을 찾을 것이다. 그러고는 모두 함께 떠음매 소의 등에 올라타 산과 들과 강을 건널 것이다. 그런 뒤에, 떠음매 소는 우리 집 정원 토스트 나무 아래 금붕어 집 옆에서 우리와 함께 살 것이고, 저녁이면 모두 모여 즐겁게 이야기하고 노래하고 춤을 출 것이다.

개구리와의 대화

오늘 아침 샤워를 하는데, 욕조에 쪼그리고 앉은 개구리가 불쑥 물었다.

"아이들을 무장시키는 걸 어떻게 생각하세요?"

나는 두 손으로 벽을 짚고 서서 쏟아지는 물줄기를 온몸으로 맞으며 대답했다.

"개구리 보듯 하지."

"개구리 볼 때는 어떤데요?"

"당연히 징그럽지. 미끈거리고 소름 끼친다고!"

멀뚱멀뚱 쳐다보며 내 대답을 기다리던 개구리가 입을 삐죽거렸다.

"참 솔직하시기도 하네요."

"네가 먼저 물어봤잖아? 난 단지 대답한 것뿐이라고."

그러자 개구리가 머쓱하니 대꾸했다.

"하기야 난 진짜 개구리도 아닌데요, 뭘. 그냥 고무로 만든 장난감 개구리잖아요. 사람들이 꽉 누르면, 그제야 꽥꽥 소리나 내고요. 그러니 뭐라고 하시든 난 상관없어요.'

"그래, 알았어. 그런데 네 입에서도 물총처럼 물이 쏟아져 나오더라!"

"그렇지만 물총은 사람을 다치게 하지 않아요."

"그나마 다행이지. 어쨌든 우리 아이들을 평화를 사랑하는 아이들로 키우고 싶어. 그래서 총이나 칼 같은 장난감은 사주지 않지."

"그러면 막스하고 안네는 어디서 물총을 구한 거예요?"

"아마도 학교 알뜰 매장에서 사거나, 아니면 펠릭스나 필립, 그것도 아니면 다른 친구들에게서 얻은 거겠지. 원하기만 하면 뭔들 못 구하겠어? 얼마 전에는 막스한테 라이프니츠 비스킷을 먹으라고 줬더니, 야금야금 깨물어서는 어느새 권총 모양을 만들어 놓더라고. 그리고는 나를 향해 총 쏘는 시늉도 하고 말야."

"아저씨는 그러면 어렸을 때, 총 같은 건 안 가지고 놀았어요?"

개구리가 물었다. 순간, 왠지 마음 한구석이 찔리는 것 같았다. 그래서 다음에 기회가 생기면 저놈의 성가신 개구리를 어떻게든 없애 버려야지 마음먹었다. 어쨌든 그건 나중 일이고, 지금 당장은 개구리의 질문에 답할 수밖에 없었다.

"웬걸, 나도 카우보이 총이나 플라스틱 장난감 병정 같은 걸 가지고 놀았지. 그러고 보니 탱크도 한 대 있었나 보다!"

"그랬군요. 그런데도 아저씨는 지금 평화를 사랑하는 어른이 되어 있잖아요?"

나는 다시금 미적거리며 대답했다.

"그렇지도 않아. 나도 모르게 때때로 공격적인 기질이 드러날 때가 있거든. 조금 전만 해도 막스의 따귀를 때렸잖아……."

"그래서 지금 후회하고 계시군요."

"사람이란 게 본래 그런 건가 봐. 때론 마음먹은 대로 되지 않을 때가 있거든!"

그렇게 투덜거리는데, 두 뺨으로 흘러내리는 물줄기가 갑자기 짭짜름하게 느껴졌다. 나는 막스 이야기를 들려주었다.

"내가 아는 사내아이가 하나 있는데, 그 애가 다니는 유치원에서 하루는 '평화의 전시회' 행사를 가졌대. 그런데 그 녀석이 그날 집에 와서 말하기를, 전시된 물건들 가운데 나무 십자가가 가장 마음에 들었대. 가로로 튀어나온 양쪽 나무 끝만 조금 잘라

내면 칼로 가지고 놀기에 최고라는 거야."

그러자 개구리가 "윽!" 하고 놀라며 "꽥!" 하는 소리를 냈다.

"평화의 전시회에서요?"

나는 계속 말했다.

"브루노 베텔하임이라는 사람이 말했는데, 아이들이 장난감 무기를 달라고 할 때는 거절하면 안 된대. 그렇지 않으면, 아이들은 사람들이 자기를 사랑하지 않는다고 믿게 된다나 봐. 다른 아이들에게 맞서 자신을 지키기 위해 반드시 필요한 것을 주지 않기 때문에 말야. 정말 끔찍한 얘기 아니니? 하기야 어른들도 마찬가지지. 누군가가 무기를 가지고 있다면, 다른 사람도 또한 무기를 가지고 있어야겠지. 그렇지 않다면, 뭘 어떡하겠어? 세상 이치란 게 참 묘한 거야! 그래서 결국 평화를 사랑하는 사람들조차도 어쩔 수 없이 무장하게 되는 건가 봐."

그러자 개구리가 대뜸 소리쳤다.

"뭐라고요? 말도 안 돼요. 어린이 교육이니 뭐니 주장하시는 아저씨가 지금 무슨 소릴 하시는 거예요? 뭐 하시는 거냐고요?"

나는 한숨을 내쉬며 대답했다.

"뭐 하는 거냐고? 샤워하고 있잖아!"

나의 일요일

일요일이라……. 일요일은 일을 하지 않고 쉬는 날 아니던 가? 일요일은 하고 싶었던 일을 하는 날 아니던가? 여유롭게 아 침을 먹고, 낮에는 낮잠도 좀 자고. 그래도 시간이 남으면 이런저 런 잡지를 뒤적이거나, 텔레비전을 켜고는 축구 중계나 드라마에 빠져 들기도 하는 날 아니던가? 하루 종일 꼼짝도 하지 않고, 거 실이나 정원에 멍하니 앉아 있다가, 마음 내키면 소록소록 내리는 눈송이를 세는 날 아니던가? 토요일 다음날이 일요일 아니던가? 하나, 둘, 셋, 넷, 다섯, 여섯, 일요일…….

맞다! 기억난다! 이제 기억난다고!

하지만 7년 전, 나는 안네라는 이름을 가진 여자 아이를 알게 되었고, 그로부터 1년 반 뒤에는 막스라 불리는 사내아이를 알게 되었으며, 또 3년 뒤에는 마리라는 여자 아이를 알게 되었다.

하나둘셋
안네막스마리
바람처럼 사라진
내 일요일의 추억.

넷, 다섯, 여섯, 아침 일곱 시. 조그만 발들이 집 안을 걸어 다니는 소리가 들린다. 침실 문을 열고 들어서는 조그만 얼굴들이 보인다. 내 귓가를 스치는 조그만 입들이 느껴진다. 그리고 그 입들이 말한다.
"아빠, 오늘이 일요일 맞아요?"
"무오올라……."
나는 웅얼거린다. 좀 더 자고 싶다. 밖은 아직도 깜깜한데, 넷다섯여섯일곱 시에 일어나고 싶지는 않다.
"아빠, 그럼 오늘은 일 안 해도 돼요?"
"아마 그럴 거얼……."
나는 들릴 듯 말 듯이 대답한다.
조그만 입들이 합창을 한다.

"그러면 우리 눈썰매 타러 가요. 수영장에도 가고, 영화도 보러 가고, 동물원에도 가고요. 또 스케이트도 타요!"

"그걸 다?"

놀라서 내가 묻는다.

"그러고 나서는 초콜릿 산에도 올라가고요."

"더는 없어?"

엉겁결에 내가 묻는다.

"야호! 아빠, 그럼 약속한 거예요?!"

조그만 입들이 얼씨구나 하고 다짐을 받는다. 이쯤 되면 나도 오늘 하루의 내 운명을 깨닫는다. '약속은 약속!' 이다가 일단 말로 하고 나면, 더는 어쩔 수가 없다.

"그럼 밥 먹고 나서 각자 자기 방 치우기다. 약속은 약속이니까!"

나 자신 이 말로써 그동안 아이들을 얼마나 윽박질렀던가?! 아! 불쌍한 아빠여, 자기가 놓은 덫에 자기가 걸리다니!

그래서 우리는 눈썰매를 타고, 수영을 하고, 영화를 보고, 동물원에 가고, 스케이트도 탔다. 물론 세상 누구도 이 모두를 하루에 해치울 수는 없다. 그렇지만 우리는 해냈다. 그날이 일요일이었고, 이미 '약속'을 했기 때문이다. 일요일 날, 아빠는 아이들을 위해서만 존재한다. 일요일에만 그런 것은 물론 아니다. 하지만 일요일만큼은 완전히 그렇다.

　무릎 사이에 마리를 품고 산처럼 높은 눈썰매장을 미끄러진다. 수영장 탈의실에서는 수영장이 떠나가라 소리소리를 질러댄다. 영화관에서는 맨 앞줄과 맨 뒷줄을 왕복 달리기 한다. 아이들은 맨 앞에 앉기를 원했고, 그러면서도 아빠가 내내 자기들 곁에 있어 주기를 바랐기 때문이다. (어른이 앞줄에 앉으면, 그 뒤에 앉은 어린아이들은 앞이 전혀 보이지 않는다.) 동물원에서는 그곳에 있는 소시지란 소시지를 모두 바닥낸다. 마치 소시지를 먹으러 동물원을 찾기나 한 것처럼! 스케이트장에 머무는 동안 내내 등을 구부린 어정쩡한 자세로 얼음을 지친다. 마리에게 스케이트 타는 법을 가르치겠다는 일념으로……

　그 모든 게 끝나면, 우리는 이제 또 초콜릿 산을 올라 초콜릿을 먹어 치운다. 그러고는 꼭대기에서 배를 깔고 누운 자세로 산 아래를 향해 수직으로 급강하하며, 쫙 벌린 입으로 온 산의 초콜릿을 남김없이 훑어 버린다. 아빠는 초콜릿을 사준다고 약속한 적이 결코 없는데도 말이다. 오늘 같은 하루를 보낸 뒤, 아이들에게 저항할 힘이 그 어디에 남아 있겠는가?

　일요일이 가면 월요일이 온다. 나는 안다, 일곱여섯다섯넷셋둘 월요일. 그러면 나는 책상 아래서 잠을 잔다. 옆방의 동료를 찾아 커피를 마시고, 이야기를 나누고, 수다도 떤다. 그러고 나면 다

시 내 방으로 돌아와 의자에 몸을 앉히고는, 꼼짝도 하지 않고 멍하니 창밖을 바라보다가, 정 심심하면 소록소록 내리는 눈송이를 센다. 쉿! 월요일이 내가 쉬는 날이라는 사실은 그 누구도 모르는 비밀이다!

독자의 편지

　얼마 전, 처음 영어로 쓴 독자 편지를 받았다. 『눈물 젖은 빵』을 쓰고 난 바로 뒤였다. 여러분도 기억하시죠? 영국의 어느 마을에 산다는 에블린 부인은 편지에서 영어로 내게 권했다.

　'안네에게, 매주 토요일 가죽 구두를 신고 직접 빵을 사오라고 말해 보세요.'

　나는 집 안이 떠나가라 소리쳤다.

　"안네! 가죽 구두 신고 가서 빵 좀 사오렴!"

　하지만 안네는 그러지 않았다. 우선은 에블린 부인이 입학을 축하한다며 개인적으로는 전혀 알지도 못하는 안네에게 보내 준 예쁜 금빛 독일어 알파벳 카드에 넋이 나갔기 때문이다. 둘째로는

안네는 아직 영어를 알아듣지 못하기 때문이며, 셋째로는 안네는 요즘 나랑 말을 하지 않기 때문이다. 나보고 할 말이 있으면, 글로 써서 달란다.

나는 창문 너머 정원 연못으로 다이빙하기 위해 이층으로 올라갔다. 얼마 전부터 연못에 있던 물을 모두 빼내고, 대신 그곳을 독자 편지로 가득 채워 놓았다. 아무 때나 독자의 편지 속에서 헤엄치기 위해서다.

편지를 뒤적거리며 나는 중얼거렸다.

"아하! 슈태너 씨 가족이 프랑스의 올레통 섬에서, 자기들에게도 나 같은 교육 전문가가 있었으면 정말 좋겠다고 편지를 보내 왔네. 실리 칼레취 씨는 당신 손자에 관한 시를 직접 써서 보냈고. 가만있자, 금융 회사에서 일하는 다우쉬 부인은 펀드 안내 책자도 같이 보내 줬어. 열심히 투자해서 나도 부자가 되라고 말야!"

그러면서 나는 편지 봉투를 열어 보았다. 혹시라도 다우쉬 부인이 투자할 돈을 같이 보냈는가 싶어서……. 하지만 봉투 안에는 아무것도 없었다.

나는 소리쳤다.

"정말 신기하지 않아!? 사람들마다 한결같이 갈하잖아! 자기네 집도 꼭 우리 집처럼 엉망이고 혼란스럽고 당황스럽다고. 하지만 사랑이 가득하다고 말야! 슈투트가르트에 있는 광고 회사에서는 금요일마다 전 직원이 회사 앞 광장에 모인대. 그러고는 대표로 나선 사람이 큰 소리로 읽어 내려가는 내 글에 귀를 기울인대! 브레멘에 사는 코흐 부인은, 식탁에 통닭 요리가 올라오면 닭다리는 누가 차지하냐고 물어보네. 순번이 정해져 있는 건지, 아니면 매번 제비뽑기를 하는 건지 말이야. 또 할머니 할아버지가 놀러 오시면, 누가 할머니 할아버지 옆자리에 앉는지도 궁금하대."

나는 잠시 잠깐 생각에 잠기면서 손에 들고 있던 황금 칫솔로 머리를 긁적였다. 황금 칫솔은 아이들에게 사탕 주는 것을 사정없이 반대한 내 공로를 인정해, 바이에른 치과협회가 선물한 것이었다. 그러는 중에 에더 씨가 보내온 편지가 손에 잡혔다. 도대체 내 글이 언제 끝날 건지 알고 싶다는 에더 씨는 편지에서 내 글에 대한 견해를 밝혔다.

"『눈물 젖은 빵』에서 나타나듯이 당신이 '아이들 교육'이라는 이름 아래 써서 팔아먹고 있는 아무 쓸모없는 글들은 단순히 어느 한 아빠의 과장되고 왜곡된 생각이자 표현일 뿐이오……."

나는 독자 편지 더미에서 일어서며, 팔다리를 쭉 뻗어 한바탕 기지개를 켰다. 키가 갑자기 2미터 50센티미터쯤으로 커진 것만 같았다. 나는 화가 치밀어, 쇠줄에 매달아 목에 걸어 놓았던 핑크색 공갈꼭지를 빙빙 돌려댔다. 이 공갈꼭지는 우리 집에서 어떻게 날마다 공갈꼭지가 바람처럼 사라지는지에 대해 글을 쓴 뒤, 크로

이처 씨가 내게 선물로 보내 준 것이다. 그러면서 나는 유리창이 울릴 정도로 소리쳤다.

"에에에더 씨! 당신은 정말로 나를 화나게 하는군요. 세상에는 당신 같은 사람은 열 번 죽었다 깨어나도 모를 일들이 있답니다. 여기 좀 봐 보세요, 베르나크 씨네 가족이 보낸 편지 말입니다! 『하케 씨의 맛있는 가족 일기』는 정말이지 우리들 삶 자체네요!' 봤어요? 봤냐고요?! 그런데도 그게 다 쓸데없는 헛소리란 말입니까?"

에더 씨는 물론 내 절규를 듣지 못한다. 나는 슬퍼져서 집 안으로 들어가, 내 책의 마지막 장을 구상하기 시작한다.

나가는 말

　일요일 오후, 우리가 심심해질 무렵이면 자장자장 마법사가 흑백 바둑무늬 벤츠 자동차를 타고 나타나곤 한다. 그러고는 세 가지 소원을 들어줄 테니 차례로 말해 보라고 한다. 지난주 일요일 오후, 마법사가 탄 자동차가 나타나자 막스가 번개처럼 나서서 소리쳤다.

　"팝콘 한 봉지요!"

　그러자 키 작은 마법사는 자동차 지붕 위로 올라서더니, 하늘을 떠가는 뭉게구름 한 움큼을 떼어 왔다. 누구나 알고 있듯이, 하늘 구름은 바로 팝콘이기 때문이다.

　"나도요!"

이번에는 안네가 소리쳤다. 자장자장 마법사는 화를 내거나 얼굴 한번 찡그리지 않고 한 번 더 자동차 지붕으로 올라가 한 움큼의 하늘 구름을 뚝 떼어 왔다.

"자, 세 번째 소원은 무엇인가?"

자장자장 마법사가 부드러운 목소리로 물었다. 나는 마리가 먼저 말할까 봐 손으로 마리의 입을 틀어막았다. 마리는 그런 내 손가락을 꽉 깨물었고, 나는 깜짝 놀라 소리쳤다.

"그만! 그만!"

자장자장 마법사는 마법의 지팡이를 들어 마리의 콧잔등을 살며시 스치며 속삭였다.

"입 다물어!"

그러자 마리는 신기하게도 입을 다물었다. 나는 너무너무 슬펐다. 이제 말할 소원이 더는 남지 않았기 때문이다. 하지만 안체는 앞으로 나서며 물었다.

"자장자장 마법사님, 어떻게 하신 거예요? 저도 배우고 싶어요."

자장자장 마법사는 만족한 웃음을 지으며 말했다.

"부인, 그런 것들은 책을 보면 다 배울 수 있습니다. 물론 나는 태어날 때부터 그런 것들을 할 수 있는 마법사였지만요. 우리 아버지, 할아버지, 증조할아버지처럼 말입니다."

“그럼 어머니는요?”

안체가 궁금하다는 듯이 묻자, 자장자장 마법사는 한숨을 쉬며 대답했다.

“마법사들에게는 원래 어머니가 없답니다. 정말 슬픈 일이지요. 마법사 나라에는 여자는 전혀 없습니다. 아이를 갖고 싶은 마법사는 마법으로 아이를 불러내지요. 그래서 마법사 나라의 모든 아이들은 엄마 없이 아빠하고만 자랍니다.”

그렇게 말하던 자장자장 마법사의 표정이 순간 일그러지더니, 금방이라도 울 것만 같아 보였다.

“생각만 해도 끔찍하군요.”

달래기라도 하듯 내가 속삭이자, 잠시 잠깐 멈칫거리는 것 같던 자장자장 마법사가 계속 말했다.

“더욱 끔찍한 일이 있습니다. 나는 마법사 최고회의에서 한 가지 임무를 받았습니다. 당신과 안체, 그리고 아이들에게 마법을 걸어 모두 사라지게 하라고 말입니다. 세상 사람들 모두가 당신과 당신 가족을 더는 보지 못하고, 당신과 당신 가족에 관해 어떤 이야기도 더 이상 듣거나 읽지 못하게 말입니다.”

나는 할 말을 잊고 한동안 멍하니 서 있었다. 그러고는 이내 정신을 차리고 마법사에게 물었다.

“왜요?”

자장자장 마법사가 대답했다.

"마법사 최고회의는 자신들이 내리는 명령에 대해 어떤 경우에도 이유를 설명하지 않는답니다."

내가 다시 말했다.

"하지만, 아직도 하고 싶고, 또 해야 할 이야기가 많은데. 할머니 할아버지 이야기도 안 했고, 손자 손녀 이야기도 아직 못했다고요. 또 기사들도 바닷가에 가면 자외선 차단 크림을 발라야 하는지 알고 싶어 하는 막스의 이야기도 쓰지 못했고 말입니다."

마법사가 대답했다.

"당신은 이미 충분히 얘기하셨습니다."

나는 소리쳤다.

"싫어요! 계속 할래요! 아직 원고량도 충분치가 않아요. 책이 두껍지 않아서 이대로는 마음에 안 든단 말예요! 그러니까 마법사 최고회의가 내 책을 사전 검열하는 건가요? 말도 안 돼요!"

"마음에 안 들어도 어쩔 수 없습니다. 그러니 내 말대로 하세요."

"마법사님은 내가 누군 줄 아세요? 난 황금 칫솔을 가지고 있다고요! 내 책의 마지막 장을 한번 읽어 보세요!"

그러자 자장자장 마법사가 한숨을 내쉬며 슬픈 목소리로 대답했다.

"끝에서 두 번째 장이겠지요. 마지막 장은 지금 이 장이니까. 그나저나 왜 이렇게 일을 어렵게 만드시는 겁니까? 나는 그저 힘없고 슬픈 마법사일 뿐입니다. 번거롭거나 성가신 일은 모두 내 차지거든요. 어쨌거나 최고회의가 결정을 내렸다면, 분명 무슨 이유가 있을 겁니다. 우리들은 못하지만, 최고회의에 참가하는 마법사들은 미래를 내다볼 수 있거든요."

"정 그렇다면, 마리에게도 팝콘 한 봉지만 갖다 주세요."

내가 풀이 죽어 나지막이 속삭이자, 마법사가 대답했다.

"그건 규정에 어긋나는 일인데……. 매주 일요일, 들어줄 수 있는 소원은 세 가지뿐이거든요."

나는 마리에게 대고 소리쳤다.

"마리, 자장자장 마법사가 너한테는 팝콘을 줄 수 없단다!"

그 말이 떨어지기가 무섭게, 마리는 소리 내어 울기 시작했다. 순간, 당황한 자장자장 마법사는 왼쪽 오른쪽, 앞과 뒤를 조심조심 살폈다. 그러고는 서둘러 자동차 위로 올라가더니, 하얀 팝콘 한 봉지를 들고 내려와 마리에게 건네며 말했다.

"자, 팝콘 여기 있다. 하지만 내가 그랬단 말은 절대로 하면 안 된다."

내가 다시 물었다.

"정말로 꼭 그래야만 하는 건가요?"

자장자장 마법사가 다시 한번 한숨을 몰아쉬며 대답했다.

"네! 그래야만 합니다."

"알았어요. 그렇다면 얼른 떠납시다."

그렇게 말하며, 나는 안체의 손을 잡아끌어 자동차에 태웠다. 아이들은 모두 뒷자리의 엄마 곁에 앉게 하고, 나는 운전석 옆에 앉았다. 자장자장 마법사는 운전대 앞에 앉더니, 두 손으로 핸들을 붙잡고는 또박또박 말했다.

자장 자장 자장
히히 호호 헤헤.

그러자 우리들의 모습이 천천히 사라지기 시작했다. 사람이 보이지 않게 된다니 아주아주 신기한 일이었지만, 왠지 느낌만큼은 꽤 괜찮았다. 먼저 살갗이 근질근질하더니, 이어서 부드러운 바람이 두 뺨을 스치고 지나갔다. 그러고는 누군가가 귓가에 입을 맞추는 것 같은 느낌이 전해졌다.

차 밖에는 많은 사람이 모여 있었다. 우리들을 쳐다보던 사람들 중에 한 사람이 큰 소리로 물었다.

"당신하고 당신 가족에게 대체 무슨 일이 일어난 거요?"

내가 대답하려는데, 문득 앞이 캄캄해지는 것처럼 느껴졌다.

그리고 나와 안체와 세 아이는 갑자기 모여 있던 사람들 맨 뒷줄에 서서 앞을 바라다보고 있었다. 하지만 앞에는 아무것도 없었다. 나는 마리를 품에 안은 채, 안네의 손을 잡고 있었다. 막스는 엄마의 바짓가랑이에 매달려 있었다. 현기증이 나는지 고개를 살래살래 흔들던 막스가 물었다.

"저 앞에 무슨 일이 있는 거예요?"

나는 대답했다.

"아무것도 아니야, 아무 일도 아니라고!"

앞쪽에 모여 있던 사람들은 뭔가를 중얼거리며 돌아섰다. 하지만 아무도 우리 가족이 있다는 걸 알아채지 못한 채, 한 사람 두 사람씩 천천히 흩어지기 시작했다. 우리도 함께 그 자리를 떠났고, 그렇게 해서 어느 한 가족은 바람 속으로 사라져 버렸다.

하 케 씨가
돌았나 봐!
그런 어리석은
사람하고는 ……

지은이 | 악셀 하케 Axel Hacke

1956년 독일 브라운슈바이크에서 태어났다. 괴팅겐과 뮌헨 대학에서 정치학을 공부하고, 독일 저널리스트 스쿨을 다녔다. 1981년부터 일간지『쥐트도이체 차이퉁』에서 편집자 겸 필자로 활동하고 있다. 1987년에 독일의 유수 문학상인 '요제프 로트 상'과 '에곤 에르빈 키슈 상'을 수상한 뒤, 1990년에 다시 '에곤 에르빈 키슈 상'과 '테오도르 볼프 상'을 수상했다.

지은 책으로는『곰 인형 일요일』,『작디작은 임금님』,『내가 전부터 말했잖아』등이 있다.

그린이 | 미하엘 조바 Michael Sowa

1945년 독일 베를린에서 태어나, 1975년부터 일러스트레이터로 활동하고 있다. 비현실적인 것을 그림으로 잡아내는 솜씨와 밝지 않은 분위기인데도 웃음을 자아내게 하는 독특한 화법으로 주목받고 있다.

그린 책으로는『뜻밖의 선물』,『분홍 돼지』,『하케의 동물 이야기』등이 있다.

1996년 최고의 일러스트레이터에게 주는 '올라프 굴브란손 상'을 수상했다.

옮긴이 | 김완균

한국외국어대학교 독일어과를 졸업하고 독일 괴팅겐 대학에서 독문학을 전공, 문학박사 학위를 받았다. 출판사에서 기획과 번역을 해왔으며, 현재 한국외국어대학교와 국립 목포대학교에서 강의하고 있다.

옮긴 책으로는『두더지가 복권에 당첨된다면』,『엄마 아빠가 없던 어느 날』,『나도 이런 일 해 볼래요』,『헬렌 켈러의 위대한 스승 애니 설리번』,『고맙습니다 톰 아저씨』,『가재바위 등대』,『에스더의 싸이언스 데이트 1, 2』등이 있다.